— 長編官能小説 —

ご奉仕クリニック

＜新装版＞

北條拓人

竹書房ラブロマン文庫

目次

序章

いつの間にか秋の気配が漂《ただよ》う清々《すがすが》しい空気は、夜勤明けの少しハイになりかけた頭をクールダウンするにはもってこいだ。

繁華街をそぞろ歩きながら木下亮介《きのしたりようすけ》は、肺いっぱいに新鮮な空気を満たすと、体の芯に淀《よど》む一日の疲れと共に大きく吐き出した。

元は体育会系でまだ二十六歳なだけに、体力には自信がある。ラグビーで鍛えた巨《きよ》軀《く》は、何よりも自慢だ。

さすがに平日の午前中から飲み歩く気にはなれないが、こんな時間にウィンドウショッピングがてら歩くのも普通の勤《つと》め人には難しいことで、この仕事の特権といえる。

「ふーん。もう冬物が並んでいるのかあ……」

ショップの店頭には、秋冬の新作と称したデザインが所狭しと並べられている。まだ十月だというのに、クリスマスシーズンを見越したアイテムまでが目を愉《たの》しませてくれる。
　もっとも亮介には、そんなファッションアイテムとは別に目的がある。
「でもまあ、ショップの女子たちの着ているものは、どこかまだ夏っぽいか」
　目的は、暇《ひま》そうに立っている店員の女の子なのだ。
　デニムのローライズで太ももを露《あら》わにし、ネック部分が広く開いたラウンドネック
のシャツを着こんだゆるカジは、ガーリーながらもエッジが利《き》いていて、決して亮介
の職場では見られないファッションだった。
「あんな女の子、うちにもいてくれればなあ」
　ぼそりと呟《つぶや》いてから、即座に頭に浮かんだのは、看護師長の美貌《びぼう》だった。
「まあ、あんな恰好《かっこう》で通勤する看護師がいたら、いくら師長でも許さないか……」
　自らの職場の女の子たちの美女レベルが低い訳ではない。むしろハイレベルにある
と言っていい。けれど、亮介が勤めているのは大学病院であり、当然のことながら同
僚の看護師たちは、常に白衣を着こんでいて、カラフルな色合いとは無縁なのだ。
　もちろん、通勤の服装にそれほどうるさい規定はないものの、そこは保守的な大学
病院だけあって無言の圧力のような雰囲気が自然彼女たちを地味な服装にさせていた。

　ファッションよりも女の子そのものに目がいく亮介であったが、それでも白と黒の地味な服装よりも、カラフルで露出の多いファッションを目にする方が愉しいに決まっている。

「患者さんだって、色とりどりの看護師に看護してもらった方がうれしいと思うけど」

　自らの看護服姿を顧《かえり》みることなく、亮介はそんなことを思っていた。

　実際、歯科衛生士などの看護服には、ピンクや水色などカラフルなものも見かける。

「うんうん。あんな看護服の方が愉しいよな」

　大学病院の保守的な体質では、絶対に採用されないミニ丈のピンクのナース服を想像して亮介は目じりを下げた。

「いやいや、待てよ。夜勤が明けたばかりなのだから、妄想とはいえ少しは病院から離れなくちゃな」

　病院に戻りがちになる思考を抑《おさ》え、亮介はいつものコンビニへと足を向けた。

　夜勤明けは、必ずここに寄ると決めている。この時間、お気に入りの店員がいるからだ。

「それにしても、こうしょっちゅうだと、買うものにも困るな」

通い慣れたコンビニのドアをくぐり、どこに何が置かれているかすっかり覚えてしまった陳列棚を適当に物色する。とは言っても、実際には商品などほとんど見ていない。レジ前に立つ彼女にばかり視線を運んでいる。

亮介の目にはやや痩《や》せすぎとも思える身体つきながら、胸元だけがぎゅんと盛り上がるようで、そのメリハリが男心をいたくそそった。

容姿は、いまどきの女の子らしく目鼻立ちがくっきりしていて、雑誌のグラビアを飾るモデル並みに愛らしい。

「やっぱかわいいなあ。一度お願いしたいねえ……」

亮介はガタイの大きさから硬派に見られがちだが、自分ではむしろC調だと思っている。実際、適度に遊んできた自覚もあるし、時にはナンパもやぶさかでない。

「清潔な印象だけど、妙に色っぽいよなあ」

味気ないコンビニの制服も、彼女が着るだけで美しく見える。掃《は》き溜《だ》めに鶴《つる》と表現しても過言ではない。

我ながらストーカーのようなマネをせずに声を掛けてみようかと、これまでにも何度か思ったが、結局は思いとどまっている。たとえ彼女ができたとしても、不規則な勤務シフトが邪魔をすると目に見えているからだ。

自他ともに認めるはっきりスケベの亮介だが、今は看護師の仕事が面白くなっているところでもある。恋人の一人も欲しいと思う一方で、天秤にかけると仕事に傾くのだった。

（セフレなら欲しいけど、そんな都合の良い話なんてないだろうし……）

恋人を作るなら、好きになったと告白すればいい。けれど、セフレになって欲しいとアタックしても、どの女の子にもほぼ一〇〇％受け入れてもらえないはずだ。

叶《かな》わぬ夢は妄想だけにとどめ置き、現実的には眼福《がんぷく》を味わう程度で満足する以外ない。

「そうそう。目の保養をするために来てるんだ。それに徹《てつ》しよう……」

体育会系のノリで、ついトライしてしまいそうになるのをムリに抑え込む。

それでもこうして美しい女性の姿を目で追っていると、時折偶然にも小さなエロスと遭遇《そうぐう》することがある。

薄着のあまり女性の下着ラインが透《す》けて見えたり、いたずらな風が短いスカートをまくり上げたり、電車で居眠りして無防備となった女性の下半身など、その気になって注視《ちゅうし》していると意外なほど出くわすものだ。

亮介はそんな小さな悦《よろこ》びをラッキーエロと呼んでいる。もちろん、あちこちに注意を払っていても、そう毎日遭遇するものでもないが、たとえ出くわさずとも単純に女性の美しさを見ているだけでも愉しい。

「おおっ！　それにしても、今日の彼女はいつになく大胆だなあ。制服の襟ぐりがあんなに開いているぞ」

レジ前にいた彼女は、忙しげに陳列棚の整理をはじめる。

ついていることに、亮介のすぐそばの棚に来て、しゃがみ込むようにしては商品の入れ替え作業をするのだった。

(おおおっ！　彼女のいい匂いをこんな間近で！)

ふわりと香る柑橘系《かんきつけい》のフレグランスは、同じ制服を着続ける身だしなみだろう。そこに彼女の甘い体臭が入り混じり、えも言われぬ香りが亮介の鼻先をくすぐった。

ただそれだけのことなのに、こんなにも陶然となってしまうのは、おんな日照りが長く続いているせいばかりではない。確実に、彼女のフェロモンを嗅ぎつけたからなのだ。

(すっげえ、いい香り！　匂いにチ×ポをくすぐられているみたいだ……)

目を瞑《つむ》り、あたりの芳香を密かに肺に満たすと、カアッと血が滾《たぎ》る。

再び、目線で彼女を視姦すると、いつの間にか床に膝をつき、無心に商品を入れ替えている。

（ぐおおおっ！　超ラッキー。か、彼女の白い太ももが……）

ちらりと覗《のぞ》かせる白い太腿、その柔肌は、まさしく水を弾《はじ》かんばかりにピチピチしている。跪《ひざまず》くことで強調されたおんならしい腰まわりも、その視線を釘付けにさせる。要するに、思いがけないほど肉感的な女体に、やられっぱなしなのだ。

（なんだろう。仕事をしているだけなのに、ものすごく色っぽい）

その格好が男に傅《かしず》く姿を連想させることもあってか、余計にエロくしか映らない。

しかも、今日はよほどツイているらしく、彼女がその体勢のまま前かがみとなった。

（うおおおおおおっ！　お、おっぱいいいいい！）

襟ぐりの広いコンビニの制服が、だらりと前に垂《た》れ落ち、ピンクのブラジャーに包まれた悩ましいふくらみが垣間《かいま》見えた。

白い肌に光が差して、ハレーションに輝いている。

彼女が作業するたび、ふくらみがふるんふるんと揺れまくり、亮介はどうあってもそこから目を離せない。

（な、なんてやわらかそうなんだ！　ブラの隙間《すきま》から乳首すら覗けそうだぞ……）

相当に大きなふくらみの圧力にブラジャーも耐えかねるのか、フィットしているはずのカップが何かの拍子でふわりと浮き上がり、薄紅の色彩《しきさい》が確かに確認できた。

(す、すごい。ああ、なんてエロい眺め。清楚《せいそ》な彼女だけに、最高に艶《なま》めかしい。ラッキーエロ頂きました!!)

無心に働く彼女だけに、その胸元を覗き見ることを後ろめたく感じる。けれど、これほどのラッキーエロに遭遇するチャンスはそうはない。

間違えても彼女に悟られることのないよう細心の注意を払い、視線だけはそこに貼《は》りつける。それでも、亮介の熱い視線に何かを感じたのだろうか。てきぱきと作業をこなす横顔が、ふいにこちらを向いた。

あわてて亮介は目を逸《そ》らし、何事もなかったかのように眼前の商品を手に取ると、そのままレジに向かった。

彼女も亮介の接客のために立ち上がり、早足でレジに先回りする。

よく通るメゾソプラノの声で「いらっしゃいませ」と、亮介の手の中の商品を直接受け取ってくれた。

細い指先が手に触れただけで、どぎまぎしている亮介を尻目に、彼女はレジのバーコードリーダーを商品にあてた。

「お会計、一六二〇円になります」

　コンビニで扱《あつか》っている商品にしては高いと思ったが、咄嗟《とっさ》に握りしめたそれは、どうもスマホ用品か何かだったらしい。

（しまった！　俺の機種に合うかどうか、わからないぞ……。けど、これ一点しか持ってこなかったし、今さら仕方ない……）

　普段の亮介であれば、あるいは購入をやめていたかもしれない。けれど、彼女の手前もあり、やむなく代金を支払った。

　必要ないかも知れないものに金を払うのは痛いが、柔らかい手指で手の甲を包み込むようにしてつり銭を握らせてもらうと、それもどうでもよくなった。

　しかも「ありがとうございます」と、まっすぐに見つめられるおまけつきなのだ。

「本当は、食い物を調達するつもりだったけど、まあいいか。ついていたのだし！」

　コンビニを後にして、家路につきながら脳裏に焼き付けた麗《うるわ》しの胸元を再度呼び起こす。

　完全保存版の光景だけに、ありありとした再生が可能だ。

「いやあ、超ついていた。ちっちゃい歓《よろこ》びだけど、なんか一日の疲れが吹っ飛んだぞ」

　ドーピングしたかのような効果に気を良くし、亮介はだらしなくニヤケながら道を歩く。その足元に、小さめのサッカーボールが転がってきた。

何気にトラップして、足の甲にキープする。あたりを見渡すと、公園の中からひとりの女性が掛けてきた。

「すみませ〜ん」

彼女の背後には三、四歳と思《おぼ》しき男の子の姿が認められた。

恐らくは、息子の相手をしていたのだろう。母親らしき女性は、十メートルと離れていない位置でしきりとこちらに手を振っている。

遠目にも美しさの際《きわ》だった人妻らしき女性に、先ほど垣間《かいま》見た光景がなぜか重なった。

それほどまでに彼女も胸元が豊かな女性なのだ。

「いいですか。いきますよ〜!」

亮介は美人妻に手を振り、ボールを蹴る素振りを返した。

「お願いしま〜す」

やさしい笑顔に見惚《みと》れながら、亮介は足もとのボールを蹴りあげた。

けれど、そのボールは小さな子供用であったため想像以上に軽く、足の力加減が合わなかった。狙いよりも強く蹴りだされたボールが、少し高くバウンドしたのだ。

それでも運動神経の悪くない亮介だけに、方向は間違っていない。咄嗟にそれを止めようとした人妻も運動神経は悪くないのだろう。少し後方に身体を退《ひ》かせたかと思うと、高く脚を上げた。そのボールがサッカーボールに模してあることにこだわったのだろう。けれど、美人妻は自らがスカートを穿《は》いていることを忘れていたらしい。それも比較的ミニの部類に入るスカートなのだ。

美脚が腰の位置よりも高く上がれば、当然スカートが大きくまくれ上がり、その内部を明るい陽射しに晒《さら》してしまう。

（うおおおおっ！　なんて良い日だ。今度はパンチラ！）

白と思しきパンティが太ももの付け根の際にへばりついている悩ましい光景。あわてて彼女がスカートの裾を抑える姿も、人妻の恥じらいが滲《にじ》み出て色っぽいことこの上ない。

一日の終わりを、ふたつものラッキーエロで締めくくり、明日からまた頑張れそうだと、亮介は心躍らせた。

第一章　わななき火照る人妻

1

「昨日は最高の一日だったけど、そのエネルギーも早々《そうそう》に使い果たしたなあ」

出勤して引き継ぎを済ませる間もなく、ナースコールを立て続けに受けた亮介は、慌ただしく忙殺されていた。まさしく日々戦場の様相を呈《てい》する大学病院だけに、何時も気が抜けない。

大半は、患者の我《わ》が儘《まま》のような呼び出しだが、そこは常に笑顔で対応するのが看護師という仕事だ。

白衣の天使とはほど遠い亮介であっても、慈悲深い菩薩《ぼさつ》様のような心境で患者の声に耳を傾け、親身になって看護する。

亮介がこの大学病院にきて二年になる。

前職は、自衛隊勤務の看護師であり、その当時は一等陸尉の肩書まで与えられていた。バリバリの体育会系だけに、自衛隊の水は肌にあったが、もっと一般の患者さんと触れ合いたいと、民間に再就職した変わり種だ。

もっとも、その本音は、一般の女性の患者のお世話をしたい、という下心だった。元来は医者志望であったのも、やはりモテたい願望があってのこと。それが医学部受験は成績的にムリと挫折《ざせつ》して、看護師を志した経緯がある。

「木下くんのような肉体派の看護師は、貴重な存在だから」

事務長の口説き文句通り、体力を武器とする亮介は、大学病院の貴重な存在となった。

暴れる患者さんを押さえつけたり、文句ばかりのクレーマーのような患者さんも亮介の前に立つと何も言えなくなったりするのだ。

それでいて愛嬌《あいきょう》のある亮介は、なぜか年上の女性にモテる傾向にある。

けれど、毎日が激務の大学病院にあっては、恋人など作る暇もない。よしんばできたとしても、日勤、夜勤、準夜勤と繰り返されるローテーションにあっては、愛《いと》しい人と逢《あ》う時間もなく、結局は振られるのが落ちなのだ。

「昨日のようなラッキーエロ、今日もどこかで見つからないかなあ……」

どんなに忙しくとも、亮介は俯瞰《ふかん》から物事を見つめるようなところがあり、小さなエロスを探しながらでも仕事をしくじることはない。それを良いことに、いつもキョロキョロしている亮介だった。もっとも、そんなだからこそ、他人の気づかないことに目が届き、看護師として役立つことも少なくない。

つまるところ、亮介の挙動不審とも言える目配せは、趣味と実益を兼ねているといえた。

（激務続きなのだから、小さなエロのひとつやふたつ見つけないことには、やっていられないよ……）

もちろん、昨日のような幸運は稀《まれ》だが、病院内でも美味《おい》しい思いをすることはある。同僚のナースや患者さんに美女が少なくないからだ。

特に、何かと亮介を気にかけてフォローをしてくれる先輩の際前亜里沙《きわまえありさ》は、その美貌を見ているだけでも愉しいのに、白衣に包まれたその姿はまるで天使のようなのだ。

（亜里沙先輩、二十七歳になんて絶対に見えない。まるで美少女の面影そのままに大人になった感じだ……）

亜里沙の十代の頃など知る由《よし》もないが、品がよく清純なイメージはその頃を容易《たやす》く想像させる。それでいて、きっちりと年相応の大人の色気を身に付けている。

いつも潤んだようにキラキラと輝く瞳も捨てがたいが、何と言っても亜里沙のチャームポイントは、ふっくら肉厚の唇に集約されている。

仕事柄、控え目な口紅を差すことが多いためか、ふっくらぷるるんと色づいた唇は、生身《なまみ》が晒されているようで、ドキッとさせられた。

しかも、その唇に愛らしい微笑が浮かぶと、それだけでこちらのハートが蕩《とろ》けてしまう。

「なあにぃ？　私の顔に何かついてる？　それともあまりに美人だから惚《ほ》れた？」

何の時であったか、本当に見惚れていた亮介は、天然であっけらかんとした亜里沙にそんな風に茶化され返答に困ったことがある。そんな時の、何かをたくらむようなパイレーツスマイルは、特に可愛い。

美しさで言うなら看護師長の上月里緒《こうづきりお》も引けを取らない。

お日様のような亜里沙とはまた違ったタイプの美人で、その名の通り、まるで秋の夜の月の如く、冴《さ》え冴《ざ》えとした鋭利な美貌の持ち主だ。

切れ長ながら大きな瞳は、雪の結晶を集めたかのようにきらきらと輝いている。

決して高い鼻ではないが、鼻梁《びりょう》はまっすぐで美しい。その冴《さ》えた美貌を一番に印象付けているのは、容《かたち》の良い薄めの唇だろうか。それでいて赤みが強い分、ぽってりと官能味に溢《あふ》れている。

うりざね型の輪郭は、頰高《ほおだか》で、顎がほっそりとしている。

院内にいるときは、常に長い黒髪を後頭部でおだんごにまとめ、その分眦《まなじり》が上がるために、清楚な胡蝶蘭《こちょうらん》のような印象を強めるのだ。

けれど、里緒は、決して近寄りがたい存在ではない。できる人ではあるものの、普段はおっとりとしていて頼りないとさえ思えるほどだ。それでいて、いざとなると凛《りん》と張りつめた空気を身に纏《まと》い、一瞬にして周りにいるものの信頼を集めてしまう。

三十三歳とまだ年若いうちに、看護師長に抜擢《ばってき》されたのも、その手腕と人望によるところが大きいのだろう。

とにもかくにも亮介の所属している消化器外科の医局では、亜里沙と里緒が美人ナースの双璧《そうへき》を成すばかりでなく、全大学病院の中でもピカ一なのだ。

他にも二人ほどではないが、美しく年若いナースが多い。そんな恵まれた環境を望み、大学病院に移籍してきた亮介だから、どんな激務にも厭《いと》うことなく骨身を削《けず》っている。

もちろん、その裏には亜里沙や里緒にいいところを見せたい下心あってのことだった。

2

「はい、それでは、お腹《なか》を出してそこに横になってください」

年配の女性患者が指示通り診察台の上に横になり、おずおずとお腹を出した。

心なしか傍《かたわ》らに立つ亮介を彼女は気にしている。こんな時、自分が男であると意識する。

女性看護師であれば、彼女は気にすることなくお腹を出してくれるはずなのだ。

「ああ、素肌を出さなくても、下着の上からでいいですよ。それに彼のことは銅像か何かと思ってくださいね」

患者のためらいを慮《おもんぱか》るように女医の新庄《しんじよう》朱音《あかね》がフォローした。

「随分、頑丈そうな銅像ですね。まるでギリシャの彫像の様……」

朱音の言葉に気分が和《やわ》らいだのか、その患者はクスクス笑いながらこちらを見ている。

「ギリシャの彫像ですか？　そんな美術的な価値、彼にはないでしょう。ほら、顔なんて鬼瓦《おにがわら》みたいで……」

「あら、鬼瓦なんてかわいそうじゃありませんか。意外とやさしくてかわいい顔をしているのに。ねえ」

巨体の割に童顔であることは自覚しているが、「意外と」と付けられた上に「ねえ」と同意を求められても、亮介は苦笑するしかない。けれど、そんなやり取りにも、すっかり慣れっこになっている。新庄朱音が、亮介を鬼瓦にたとえるのは、定番中の定番だからだ。

（相変わらず口は悪いけど、今日も新庄先生はお美しい……）

そんな二人のやり取りを尻目に、亮介は他のことに意識を割《さ》いている。例によって、ラッキーエロを求めてのことだ。

新庄朱音は消化器外科では名の知れたエース的存在だ。

一般に外科医は三十代四十代のころが、一番脂《あぶら》がのっている。新しい知識や技術を取り入れるのにも柔軟であり、目や体力的にも衰えていないためだ。

とりわけ三十二歳の新庄朱音は精力的に経験を積んでいる上に、最先端の技術にも明るい。

知性ばかりか美貌にも恵まれ、天が二物を与えた典型のような女性だった。

「だったら仁王像ね。イケメンにはほど遠いけど、ガタイの良さだけはぴったり」

自信に裏打ちされたその物言いが、あまりに歯に衣《きぬ》を着せないところが、唯一の欠点であろうか。

二人の女性がクスクス笑うのも、亮介はそ知らぬ顔で澄ましている。

比較的、亮介が朱音につくことが多いのは、他ならぬ朱音自身からの御指名だと聞かされたことがある。

病棟を担当する看護師の亮介が、外来にまで出張《でば》るのは、ここでは異例のことらしい。それもこれも朱音の手配だというのだ。

意外に頼りにされているのか、重宝がられているのか……。だがその割にはくさされてばかりで、褒《ほ》められたことなど一度もない。

(それでも、新庄先生から御指名されるのは嬉しい。こんなに美しいのだものなあ……)

理知的な光を宿す大きな瞳は、くっきりとした二重《ふたえ》瞼《まぶた》に彩《いろど》られ、鼻筋のはっきりと通った鼻もいわゆる鷲鼻に近いものであるため、パッと見には外国の血が混じっているように感じられる。

「先生は、ハーフかクォーターですか？　どこの国の血が入っているのです？」

頭と口が直結したようなところのある亮介は、はじめて彼女に付いた時に聞いたものだ。

そんな半《なか》ば決めつけのような質問にも、朱音は気を悪くするでもなく答えてくれた。

「確かに間違えられることはあるけど、私は生粋《きっすい》の日本人だよ」

厚みのあるぽってりとした唇が、和《やわ》らかく微笑《ほほえ》むと途端《とたん》にパアッと華やいだ。以来、その飾らないさっぱりとした彼女の人柄は、亮介の心を鷲掴《わしづか》みにして離さない。

もっとも、惚れたのとも違っている。高嶺《たかね》の花を愛《め》でるような気分というのが、正確なところか。

ところが、一見この完璧に隙のなさそうな朱音が、実は亮介によくラッキーエロを披露してくれる。

人一倍患者に注意を払い、診察するタイプだけに、自らのことに無防備となるようだ。

(ああ、また新庄先生の美味しい姿にお目にかかれるかも……)

特に、こんなふうに軽口を叩いている時に限って、朱音の集中は研ぎ澄まされている。だからこそ亮介には大チャンスなのだ。

案の定、患者を診察台にのせて前のめりになった瞬間、朱音の襟ぐりからはだけた胸元が覗けた。

白衣の前ボタンを一切とめず颯爽《さっそう》と院内を歩く朱音だから、このようなサービスカットを生んでしまうのだ。

（くーっ！　新庄先生の悩殺バスト、本日も頂きました！）

朱音の目が患者に向かっているのをいいことに、亮介は目を皿にして魅惑の胸元を視姦した。

モデルと見紛《みまが》うばかりにすらりとした体形ながら、決して痩せぎすではなく、むしろ肉感的でグラマラスな彼女だ。その胸元は、熟女の域に差しかかりながらもツンと上向きの鳩胸で、そのくせ熟《う》れが進んでいるせいか、どこまでもやわらかそうだ。

先日の若い店員のような瑞々《みずみず》しさでは劣るかもしれないが、艶めかしさではダブルスコアで勝っている。

（すっげえ、いい乳してる……。あの谷間に顔を埋めることができたなら……）

それにしても朱音は胸元を覗き見されていると、気づいているのではないだろうか。亮介の熱い視線を浴び、それを愉しんで意図的《いとてき》に魅せている節があるように思えてならない。

（まさかなあ……。あ、あれ？　いま新庄先生が微妙な目線をくれたような……）

思えば、そんなに必要かと疑問に思えるほど前屈みになるのは、反対側に立つ亮介の視線を意識してのことではないだろうか。

やわらかそうなスライム乳が、垂れ下がるブラカップと共に、紡錘形《ぼうすいけい》に容《かたち》を変える。乳白色の乳肌がきめ細かであることは、その輝きで知れた。

「はい、お腹で息を吸って……。はい、吐いてえ……」

聴診器を握る手指をお腹の右に左に移動させ、神妙な顔つきで音を聞いている。それでいて、小高くなった頬に色っぽくも朱が差している。

(まさか本当に俺に見せてくれている？　プライドの高さがあって、そうとは素直に言えないのか……？)

あらぬ妄想に捉《とら》われると、条件反射のように股間の前が膨《ふく》らみはじめる。若いこともあるが、精力絶倫なだけに、一度火が点《つ》いてしまうと手に負えない。

収まりがつかなくなりかけの下腹部を、やばいと自分に言い聞かせたところで、どうなるものでもない。

何気にこちらに向かった朱音の眼差しが、明らかに亮介の股間部にへばりついた。けれど、さすがの彼女でもそれを咎《とが》めはしない。患者の手前もあってか、はたまた武士の情けか、唇の端《はし》に笑みを載せ、すっとそこから視線が外された。

亮介は安堵《あんど》すると共に、ほんの少しばかりがっかりしたような気分にもなった。

（いまのって、俺が反応を示しているのに呆《あき》れたのだろうか……。それとも意外と人並みでしかないイチモツを笑われたとか？）

唯一のコンプレックスを刺激されたようで、亮介は心身ともに急速に萎《な》えた。

3

朱音の胸元を覗けたことは、素晴らしい目の保養であり、ストレスが一発で吹き飛ぶほどのカンフル剤となるはずだったが、思いがけず鼻で笑われたようで亮介は意気消沈している。

その図体《ずうたい》には似つかわしくないほどの繊細さを、実は持ち合わせているのだ。

「はあ……。きっと新庄先生のバストを覗き見した罰だ。最悪、先生に軽蔑《けいべつ》されたかも」

まさしく雌豹《めひょう》のような肉食系を自負する朱音だから、その物言いもずけずけしたものであることが多い。それだけに、何も言われずに鼻で笑われたということは、軽蔑されたと解することができる。

能天気な亮介であっても、その事実は重い。

白衣の前ボタンを締めずに院内を颯爽と闊歩《かっぽ》する朱音に、憧れにも似た愛情を抱いていただけになおさらだ。

ならば、あのような真似をしなければよいのだが、あまりに魅力的すぎる美人女医のラッキーエロを見過ごすわけにはいかなかった。

どこまでも救いようのない自分のバカさ加減に辟易《へきえき》しても、性分だけに変えようがない。

(あーっ！　畜生、スケベな自分が恨めしい！)

身悶えるようにして我が身を呪う亮介の背中に、ふいに声がかかった。

「あの？　亮介さん。どうかしました？」

「どうもこうもありませんよ……」と、言いかけてからふいに口をつぐんだ。振り向いたそこに、見目麗《みめうるわ》しい人妻の姿があったからだ。

「お、わ、あ、あの、え、江良《えら》さん。江良祥子《しょうこ》さんじゃありませんか」

数瞬の遅れはあったものの、フル回転させ脳メモリーからその名を呼び起こした。

「うれしい。私の名前、覚えていてくださったのね……」

美しい女性の名前と顔は、忘れない主義の亮介だったが、祥子のその姿は数か月前に入院していた頃とは相当に違っている。

まさしく見違えるほどに光り輝き、熟れごろの女盛りに花開いている印象だ。

「そ、そりゃあ。祥子さんは綺麗な人ですから……。でも、顔色も良くて、見違えました。調子は良さそうっすね」

「あら亮介くん、お上手なんだから。お蔭様で、とっても体調がいいの」

穏やかな微笑で亮介を包み込んでくれる。その美貌は今年三十五歳にとても見えない。

（確かに、美しい女性だったけど、祥子さんってこんなに色っぽかっただろうか……）

入院をすると、化粧はどうしてもファンデーションとルージュ程度の薄いものになる。だが今の祥子は華やかなメイクに彩《いろど》られ、女振りを二ランクはあげている。

くっきりした二重瞼を印象的にするシルバーシャドーは、硬質でクールな輝き。肌の色とのコントラストが強い分、ラインのようにピンポイントで使われていておしゃれだ。

素肌の上にもう一枚の肌を作るファンデーションも、透明度の高い肌を自然に補うばかりで、その美しさを隠していない。

血色に限りなく近いジューシーなピンクに色づく唇は、ぽってりぷるんに演出されて、官能的な肉花びらのように映る。

大人の色艶《いろつや》をいかんなく際立《きわだ》たせているのに、決してケバいわけでなく、あくまでもナチュラルにして清楚、それでいて悩ましくも色っぽいのだ。

「お上手なんて言ってません。俺、そういうの苦手ですし。でも、見惚れてしまうほど、今日の祥子さんはお綺麗です。特に、その唇なんて……」

頭に浮かぶ褒め言葉を考えなしに口にしているから、危うく「食べちゃいたい」などと言ってしまいそうになる。

それを余裕で聞き流してくれる祥子は、やはり大人だ。それでもまんざらでもないように心持ち頬が赤らんだことに、亮介は先ほどまでの反省を忘れ、いい気になっている。

（それにしても、祥子さんってこんなにグラマラスだったっけ……？）

見惚れてしまうのは、その美貌ばかりではない。メリハリの利いたグラマラスボディが、亮介の視線を釘づけにしてやまない。

黒と見紛うような濃紺の生地に、透かしたような花柄をプリントされたワンピースは美しいボディラインを引き立たせている。さらに、その上に羽織ったホワイトジャケットが甘すぎない大人のおんなの装いを演出している。

亮介はごくりと生唾《なまつば》を呑んで、思い直したように会話の接《つ》ぎ穂《ほ》を探した。

「今日は、検診っすか？　もう終わり？」

まるで余裕をなくしているため、「この後、お茶でも」と誘いかねない口ぶりで、訊ねてしまう。

それを彼女がどう受け取ったのか、一瞬何かを図《はか》るように視線がスッと泳いだかと思うと、すぐに渾身《こんしん》の色香を湛《たた》えた眼差しが注がれた。

思わせぶりにも感じさせる大人の呼吸に、亮介はハートを鷲摑みに捉えられた。

「あの……。あのね、亮介くん、急にで悪いけれど、今夜わたしに時間を頂けないかしら？　もし、良ければだけど……。あ、夜勤とかじゃないわよね？」

大きな瞳から発せられる秋波に呑まれるように、亮介は咄嗟に返事をした。

「時間、あります。こ、今夜ですね。大丈夫。夜勤のシフトから外れてますし、何の予定もありませんから……」

蛇ににらまれたカエルではないが、びりびりっと背筋に電流が走り、彼女から目を離せない。

亮介の了解を得た祥子は、少し硬くした表情を艶めいたものに変えさせた。まるで、恋人から愛の告白を受けたかのように蕩けているようにも感じさせる。そんな貌《かお》をされてしまうと、男心がくすぐられトロトロに亮介自信も溶けていた。

4

祥子との待ち合わせは、無難に駅の改札にした。時間は、亮介の勤務に祥子の方があわせてくれた。

引き継ぎが思いの外《ほか》長引き、少し遅れたが、それでも彼女は待っていてくれた。

(ちゃんと待っていてくれたってことは、つまり、それだけ気があるってこと？　これは、美しい人妻とむふふな関係になる大チャンス!!)

なぜ祥子が急に誘ってくれたのか判らない。それだけに亮介は、半信半疑で駆け付けている。だからこそあまり大きな期待はしないよう自らを戒《いまし》めていたが、いざ彼女の前に立つと否《いや》が応《おう》にも浮き立つような気持ちを抑えられない。

たとえ、彼女と食事するだけでも、街角で拾うラッキーエロとは次元が大きく違うのだ。

「えーと、では、これからどうしましょう？　どこかで食事でも？」

いくら亮介といえども、即物的にホテルに誘う訳にはいかないと、その程度の分別は持ち合わせている。けれど、祥子から返った答えは、より大胆なものだった。

「それより、二人きりになれる場所に行きましょう。少しお話を聞いて欲しいし……。もちろん、ベッドの中でね。亮介くん、わたしとではいやかしら？」

そう唇を動かした祥子の大きな瞳は、じっとりと濡れている。またしても送られた愁眉《しゅうび》に、亮介は反射的に首を左右に振った。

「も、もちろん、こんなにお美しい祥子さんとなら、いやなんてあり得ないっす」

その答えに祥子の表情が蕩け、亮介の太い腕に自らの腕を絡ませてきた。

自らの肉体の熟れ具合を知らせるように、豊かな乳房がむぎゅりと肘に押し付けられる。

それだけで夢見心地となった亮介は、それ以降、どこをどう歩いたものかも判らぬまま、気がつくとシティホテルの一室で彼女と二人になっていた。

ダブルベッドの上、ぎこちなく腰掛ける亮介の腕に、相変わらず祥子がしなだれかかっている。その肉のやわらかさ、切ないまでに甘い体臭に、ズボンの前が膨らみ通しだ。

「人妻のクセに、若い男の人を誘ったりする祥子を軽蔑しないでくださいね」

筋肉質の肩に、祥子がうっとりと頬を擦《こす》りつけて囁いた。

「軽蔑なんてとんでもない。俺、祥子さんの魅力に参っていますから……。けれど、俺なんかに聞いて欲しい話ってなんです？」

亮介は、祥子の心情を聞きたいと心底願っていた。恐らくそれは、亮介に何を望んでいるのかヒントになるはずだ。

「ねえ、キスをして……。わたしのことが欲しいのならそれを態度で示してください」

けれど、祥子はその求めとは裏腹に、亮介の胸板にすがりついてくる。

キラキラと輝く双眸《そうぼう》は、先ほどよりもさらにじっとりと潤み、今にも泣きだしてしまいそうなほどだった。

「キ、キスっすね……。本当にいいのですね？　判りました。では、祥子さん……」

細い両肩を捕まえ、亮介はそっと唇を寄せた。

今にも「なんちゃって」と、からかわれていることを明かされそうで、少し怖くなっている。けれど、祥子の瞼はすっと閉じられ、長い睫毛《まつげ》が儚《はかな》げに震えた。

柄《がら》に合わずガチガチに硬くなっていたため、スマートどころかまるで唇同士をぶつけるような口づけとなった。

（むほっ！　や、やらかい唇だ！　うおおおっ、ぷるんぷるんしてる！）

ジューシーな艶色の唇は、ふっくらと官能的にやわらかく、軽く押し付けるだけでも甘い果汁がじゅわっと溢れるようだ。

一度触れると背筋に性電流がびびびと走り、貪《むさぼ》るように味わわずにいられない。

「むふん、祥子さん、ほぬん、ああ、祥子さん……」

迸《ほとばし》る激情に、女体をぐいっと抱き寄せ、二度三度と唇を啄《ついば》んだ。

「あふん、んん、亮介くん、あぁん、こんなにきつく抱き締められるの久しぶり……。ぬふぅ、あぅふ、こんなに情熱的な口づけもいつ以来かしら……」

こんなに美しい人妻の祥子が、夫に愛されていないはずがない。てっきり亮介はそう信じていた。けれど、今の彼女の言葉は、久しく夫との交わりがないことを物語っている。

「祥子さん、ほぐう、ああ、祥子ぉ～～っ！」

熱くその名を呼び背筋をまさぐると、肉感的な女体がびくんと艶めかしい反応をみせた。

熟れきった人妻だけに、肉悦を知りつくし、おんなとしての開発も済ませているのだろう。だからこそ、祥子はこれほどまでに清楚でありながら艶っぽくいられるのだ。

「わたしのことを、夫はもうおんなとして見てくれないの。ほううっ、それが、寂《さび》しくて……。でも、まだおんなとして輝きたいの……。だから亮介くんに自信を取り戻させて欲しいの」

亮介は、祥子の入院中、幾度も見舞いに訪れていた夫の顔を思い出した。微笑ましいほど、祥子たち夫婦はおしどり夫婦に映っていたが、実はセックスレスの状態にあるらしい。

（こんなに綺麗な奥さんに興味を示さないなんて……）

おんな盛りに咲き誇る女体を持て余し、一人満たされぬまま性欲を抱え悩んでいた祥子なのだ。

「夫にも魅力を感じてもらえなくては、誰からも相手にされなくなる気がしたの。もちろん二十代の頃のように、ちやほやされたい訳ではないのよ。でも、まだおんなを終えてしまうのは……」

子供を産んでいないという祥子であっても、三十路《みそじ》を迎えているのだから体形維持には相当気を使っているのだろう。腕の中の美しいプロポーションが、それを物語る。いつの世も、おんなは美しくありたいはずだ。そして、少なからず注目も浴びたいと願うものだろう。

にもかかわらず、祥子の夫は、これほどの美貌と素晴らしいプロポーションに見向きもせずにいるのだ。そんな夫に亮介は嫉妬の思いと、腹立たしさが芽生えた。その一方で、祥子が愛《いとお》しく思えてならない。

「そんな思いを抱いていた時に、病気をして。気持ちが塞《ふさ》いでいたからなのね……。でも、そこで亮介くんと出会った。この人は、いつもわたしをおんなとして見てくれているって……」

亮介に朱唇を吸われながら、祥子は途切れ途切れにその心情を明かしてくれた。なぜ、亮介に身を委《ゆだ》ねる気になってくれたのかも。

二十代の男であろうと、美しいと思わない女性には目もくれないはずだ。しかも、それ以上に亮介の視線には、熱いものが感じられたのだろう。それもそのはず、自分は常に、ラッキーエロを探していたのだから。病棟では化粧っ気のない祥子であっても、十分すぎるほど美しかったのだからそれも当然だ。

亮介の自分の欲望に正直な眼差しを、祥子は全身に浴び、意識してくれていたのだ。さらに祥子は、それを好もしいものとして捉えてくれていた。

「亮介くんは、大きな体が頼もしい割に、ベビーフェイスだから、どこか母性本能をくすぐられるの……。うふふ、得をしているわね」

年若い男性が、熱心に注目をしてくれる。素直にそれが嬉しかったのだろう。そして、そのことが、本来の自由奔放さを祥子に取り戻させたようだ。

「ねえ、だから、祥子を抱いて……。淫《みだ》らにさせて……。亮介くんの精一杯の愛を今夜だけでも感じさせて……」

吐息と共に切ない胸の内を吐き出す祥子に、体はもちろん心の芯まで熱くさせ、この一瞬だけでもしあわせにしてあげたいと亮介は願った。

5

「ああ、亮介くんの指……いやらしい……」

ベッドの上に横たえられた途方もなく柔らかい女体に覆《おお》いかぶさり、亮介はそのあちこちをまさぐっている。まだホワイトジャケットを脱がせたばかりで、晒された素肌は肩から先だけだ。にもかかわらず、亮介の興奮は早くもピークに達している。

「祥子さん……」

あまりに都合よく話が進み過ぎ、それが妄想の産物のように感じられる。触れている女体が本物の祥子なのか判断がつかない。けれど、紛《まぎ》れもなく確かな肉感と微熱を帯びたような体温が、今の状況が現実であることを知らせている。

「すごく、すべすべなんすね。それにつやつや輝いて……」

ノースリーブから艶やかに晒された肩に唇を寄せ、細い首筋には人差し指を這《は》わせている。もう一方の肩を左手で鷲掴み、掌底《しょうてい》でその滑らかさを味わった。

「ん、ああ、触られているのね。亮介くんに、祥子の素肌を……」

二の腕から手首にかけてを掌で擦り、しっとりした手に触れると、そっと握り返してくれた。

そのままゆっくりと自らの太ももへと亮介の手を運んでくれる。それも膝小僧を露出させたワンピースの裾の中にまで導いてくれるのだ。

「触って……。いっぱい亮介くんを感じたいの」

生温かい太ももは、まるで焼く前のパン生地のようにもっちりとやわらかく、それでいて弾力に満ちている。薄いパンストがあっても、素肌に触れているような感覚だ。

ねっとりと掌《てのひら》で捏《こ》ねまわしていると、太ももが火照《ほて》りを増していくのが感じられる。

じっとりと湿り気を増していくのがたまらない。

「祥子さん、脚を開いて……」

喉奥《のどおく》に貼りつく声を絞り出すと、それに応えるように美脚がゆっくりと開かれる。

M字に折り曲げられた下肢が造る空間に巨軀を入れ、なおも亮介は内ももを撫でながら熱い吐息を股間に吹きかけた。

「あん、あ、あぁ……。熱い、あそこが火照るの……」

「あそこって、どこですか？」

意地悪く尋ねると、細腰がきゅっと捩《よじ》られた。それでも祥子は、瞑っていた目を細く開けて、応えてくれた。

「ああ、いやらしい言葉を言わせたいのね。いいわ、言ってあげる……。祥子、おま×こが火照っているの……」

頰を恥じらいに赤く染めながらも、淫語を口にしてくれる人妻。その艶やかさが一層上がった。それを亮介は満足を持って見つめている。祥子に歓びを与えるのが何よりの目的であると共に、彼女を心まで裸にさせたかったからだ。

「では、祥子さんの火照ったおま×こをさらに燃え上がらせましょう」

亮介は、ワンピースの裾を大胆にまくり上げると、細腰にへばりついた黒い下着のゴム部に両手を運んだ。

薄手のパンストごと、ぐいっとパンティを引きずり下ろす。それも早急に事を運ぶのではなく、人妻の羞恥を煽《あお》るように殊更《ことさら》にゆっくりと剝《は》ぎ取るのだ。

左右に張り出した腰部から茹《ゆ》で卵の殻を剝《む》くように、つるんと薄布を奪い取る。

　わずかに盛り上がった下腹部に、漆黒の草むらが想像以上に濃い茂みを作っている。甘露を吸うように、毛先が濡れているのは、祥子が告白した通り、女陰に火照りを帯び愛蜜を滴《したた》らせているからだろう。

「おお、甘酸っぱいおま×この匂い。これが、祥子さんの蜜の香りなんすね」

　こんもりと盛り上がった肉土手を過ぎると、その下には人妻の秘密の花園がひっそりと薄紅に息づいている。

「祥子さんのおま×こ、新鮮な色をしている。左右にはみ出たビラビラも、祥子さんらしく清楚で愛らしい……。ああ、でも、やっぱり、期待してくれているんすね。ヒクヒクといやらしく蠢《うごめ》いて」

　嬉々として亮介は、その光景を実況した。言い表せずにはおかないほど、祥子の媚《び》肉《にく》は淫靡《いんび》であり、興奮を誘うのだ。それでいて、不潔な感じはしない。むしろ、上品に整った女陰だった。

「こんなに美しいおま×こなのに、ご主人は放置しておくなんて……。かわりに俺が舐《な》めちゃいます！」

　そう宣言すると、亮介は半ば開いた唇を、アワビのようにそよぐ肉ビラへと運んだ。

「え、あああっ！　そんな、いきなり舐めちゃうなんて、あ、あああん、亮介くぅんんんっ！」

唇の感触を感じた途端、細腰が捩れ、狙いを躱《かわ》されそうになる。けれど、亮介は器用に首を振って獲物を捕らえた。祥子の語尾が艶めかしく震えたのも陰唇を咥《くわ》えたからだ。

「あううっ、あはぁっ、な、舐められてる……。ああん、こんなふうにいきなりおま×こを責められるの、初めてよ……」

未だ、ワンピースを上半身に残した人妻は、ブラウン系に染めたミディアムロングの髪をシーツに散らし、頭皮を擦りつけるように乱れてゆく。

「ぶちゅるるるっ……小陰唇を舐められて、ゾクゾクするんすね？　もうお尻が浮き上がっている。じゅちゅちゅっ、ぶちゅるるっ、その調子で、いっぱい気持ちよくなってくださいね……ぢゅちゅっ、ぶちゅちゅる」

舐め啜《すす》るたび、細かく震えた肉ビラが軽く前歯にあたる。その度《たび》に、びくんびくんと熟れた太ももや婀娜《あだ》っぽい腰部が慄《おのの》くように震え、愉しい反応を示してくれる。

調子に乗った亮介は、熱い鼻息で草むらをそよがせながら、さらに熱く湿った舌先で淫裂を舐めあげた。

「ほううっ、ダメぇっ！　あううんっ、し、舌ってこんなに熱かったかしら……」

夫にも舐められるくらいはしたはずだ。けれど、久しぶりすぎて感覚を思い出せずにいるのだろう。しかも、亮介の舌は人よりも分厚く、体温も高い。それだけに、獣にでも貪られているような感覚に違いないのだ。

亮介自身、獣になった気分で、祥子の女陰を舐めまわしている。硬く丸めた舌を、勃起《ぼっき》の如く胎内に埋め、膣襞を掻き出すようにしゃぶった。

「あ、ふああああっ、祥子のなか、舐められてる……。ああん、そんなにしないでぇっ！」

浮き上がる肉尻は、むしろ亮介の顔に股間を押し付けているかのようだ。押し寄せる悦楽に、もはや、じっとしていられないのだろう。

「ダメよ、亮介くんの舌……気持ちよすぎちゃう……」

部屋の灯《あか》りは、少しも絞られていない。つまり、祥子の女陰は、ほぼその全容を明らかにして亮介の愛撫を受けている。それでも人妻は、クンニリングスの感覚に集中しているのか、女体をのたうたせながらも、よく動く舌に身を任せてくれている。

「ああん、亮介くん、どれだけ気持ちよくしてくれるの……？」

期待に胸をときめかせる祥子の鼓動が聞こえるようだ。

亮介は、指を淫裂の縁《ふち》にあてがい、陰唇をゆっくりとめくり上げる。なかに溜まっていた女蜜がこぽっと零《こぼ》れ、白いシーツを湿らせた。

なおも亮介は、舌で陰唇の内側を舐め上げる。左右の肉ビラを、交互に唇で丁寧にしゃぶりつくす。淫裂のなかのピンクの沼地を舌先でくすぐり、ふしだらな水音を立てて蜜液を吸った。

「くふぅっ、あ、ああ、たまらないっ……」

蜂腰がまたしてもぐぐっと持ち上がり、快感に震える。牝肉もヒクヒクと蠢いた。

「ねえ、お願いよ……。お、お豆も……。ク、クリも舐めて」

美貌をゆがめ、喘《あえ》ぎ喘ぎに淫らな言葉を口にする。燃え盛る欲情の焔《ほのお》を抑えられずにいるらしい。

「優しくよ……。やさしく舐めて……お願い。でないと、でないと祥子……」

あられもなく懇願する美熟妻に、半ばあっけにとられながらも亮介は小さな肉の突起に唇を運んだ。

求め通りに舌腹をべったりとつけ、肉芽を擦り上げる。

「ああんっ……」

よほど強い快感であったのだろう。鼻にかかった甘い呻《うめ》きが悩ましくあがった。

「祥子さん、クリトリスを舐められるのが好きなんすね？」

亮介の問いかけに、祥子は傍らの毛布を胸元に引寄せ、それを強く抱き締めるようにして答える。

「ええ、好きよ……。お願いです。もっと舐めて……」

亮介は祥子を見上げ、見せつけるように舌を長く伸ばす。祥子からはワンピースの裾と陰毛に隠れて見えないはずだが、舌先の熱が肉芽に近づいてくると判ったようで、期待するように背筋がぶるると慄いた。

すかさず舌先をちょこんとあてて優しく撫でる。

「ああんっ、もっと強く。お願いだから焦《じ》らさないで……」

敏感な部分だから気遣っていたが、もしかすると肉欲をもてあました祥子はオナニーで肉芽をいたぶっていたのかもしれない。ならば、人妻が物足りなさを感じて不思議はない。

亮介は彼女に促されるまま、肉芽に舌腹を押し当てて擦るように撫で上げた。

「あうんっ、ええ、そうよっ、続けてくださいっ。お願いよぉ……」

今度は硬くした舌先で、ルビーピンクの肉芽をつんつんと強めに刺激してやる。二度三度と押し戻しをするうちに、つるんと包皮が剝け、可憐な女核が顔を覗かせた。

「ああ、いいっ。ねえ、いいのぉ……。良すぎて、祥子、ああ、どうしよう……」

剝き出しの女核を窄《すぼ》めた唇に挟み込み、息を吸い込むようにしながら舌先で突く。面白いように反応を示す人妻を、このままイカせようと決心した。

「ちゅちゅぷちゅっ。いいっすよ。祥子さんの乱れる姿、たくさん見たいっす。構いませんから、どんどん良くなってください。どんどんイッちゃってくださいね」

「ダメよぉ……。おま×こ舐められてイッちゃうなんてダメっ……。あ、あうぅっ！」

舌先で肉芯を突きながら、そのまま無防備な淫裂に指を這わせる。入り口の花弁を搔き分け、濡れ具合を確かめつつ、クレヴァスに中指を埋めていく。めしべの周囲を舌で捏ね、同時に中指でヴァギナをクチュクチュ搔きまわすのだ。

「はああああんんっ……あああっ、亮介くぅん」

急所を舌で突くたび、尻肉と菊門がすぼめられた。ふくらはぎが膣の収縮そのままに、ギュッと力を加え緊張感をみなぎらせる。

「ああん、良すぎちゃうぅぅっ！　どうしよう、祥子、本当に乱れてしまうわ……。ねえ、淫らになってもいいの？　軽蔑しない？　嫌いにならないでね？」

肉芽に加え女陰までもが強く刺激され、人妻の艶腰は小刻みに震えている。体奥の熱も増加して、このまま続ければ頂点に達するのは明らかだった。

「じゅちゅずずずっ……。いいっすよ。淫らによがる祥子さん、俺は見たいっす。見せてくれるまで、やめませんからね！　ぢゅぶぶぢゅちゅっ！」

亮介は祥子のクリトリスをブドウでも食べるような按配《あんばい》で、強く吸いつけた。

「ひっ！　ああ、それ、いいっ！　あ、あぁ、ああん！」

細腰が一段と高く跳ね上がり、激しく左右にのたくった。亮介は、それに懸命に追いすがり、人妻を頂点にまで導こうとする。

驚いたことに祥子は、自らの乳房をワンピースの上から揉《も》みしだいている。美味しいものを取っておくようなつもりで、亮介が放置しすぎたせいで、彼女の方が我慢できなくなったらしい。

（うおおおおっ！　祥子さん、オナッているみたいだ……。すっげえ乱れ方だ!!）

しかも、乳房をまさぐる手つきは、どんどん激しいものとなっている。洋服越しに、四本の指と掌底に肉房を挟み込み、強く潰しては、引っ張りつけている。

ぐりぐりと圧迫するのは、乳首のあたりだろう。

「ほうん、あううっ、あ、あぁ……。ねえ、いいっ！　ああ、いいのぉっ！」

扇情的な乳揉みに合わせ、亮介はリズミカルに指の抽送《ちゅうそう》とクリトリスの吸い上げを送る。

人妻の激しい息遣いが、切羽詰《せっぱつ》まった啼《な》き声と共に吹き零される。

「祥子さん、イッて……。俺に祥子さんのイキ貌を見せて！」

女陰に抽送する中指に人差し指も加勢して、躊躇《ためら》いなく蜜壺《みつつぼ》から牝汁を汲《く》み取る。

「おおん！　きちゃうっ、大きな波が……。亮介くん、祥子、もうイクううう〜っ」

兆《きざ》した表情が左右に振られ、甲高く牝獣の咆哮《ほうこう》がまき散らされた。

びくびくんと痙攣《けいれん》する艶やかな太ももが、祥子が極めた絶頂の高さを物語った。

6

「祥子さんのおま×こに挿入《い》れたい……」

とてつもなく色っぽくイキ様を晒す祥子に、なす術もなく心奪われた亮介は、もはや辛抱たまらず人妻に求愛した。

「ちょっと待ってて……」

未だアクメの名残《なごり》にたゆとうている祥子が、物憂げに上体を持ち上げると、背後に腕を回してワンピースのファスナーを引き下げた。

今もお腹のあたりに手術跡の残る祥子だから、それを見せたがりはしないだろうと思っていたが、自らその裸身を晒してくれるのだった。

「祥子さんのおっぱい、見せてくれるんすか？」

もちろん、熟れ盛りのふくらみにお目にかかりたいのはやまやまだ。実際、さなぎが殻を脱ぐようにワンピースが背中から剝かれると、黒のブラジャーにほっこりと包まれた小ぶりのメロンほどもある乳房が亮介の視線を釘づけにしてやまない。

「だって、見たいのでしょう？　いつだって亮介くんの目は、祥子のここに貼りついていたわ……」

透き通る素肌全体を朱に染め、ゾクリとするほどの官能を滲ませている。

驚いたことに祥子は、このわずかな時間に、さらにもう一段上の美を身に着けていた。

自信と気品に満ち、濃厚に性色を帯びた妖しい色香を爛漫《らんまん》に放ちながらおんなを咲き誇らせるその姿は、さなぎが蝶に羽化したほどに見違えた。

（あんなにきれいだった祥子さんが、さらに美しくなっている……。それにゾクゾクするくらいエロい！）

少女のような可憐さと、円熟したおんなの芳《かぐわ》しさを同居させ、女神のような美を誇る。肌の内側から光り輝いているようにさえ映るのだ。これからこの素晴らしい女性を抱くことができる。最高のラッキーエロに息が詰まりそうだ。

「見たいっす。絶対に、見たい。是非、お願いします」

ぶんぶんと首を縦に振る亮介に、満足げで艶冶《えんや》な微笑が降り注がれた。

「うふふ、大丈夫よ、この期《ご》に及んで逃げたりしないから……。ああでも、そんなにエッチな熱い視線に見つめられるの、いつ以来かしら」

どれほどふしだらに振る舞おうとも、どこか上品に映る秘密は、恥じらいを拭《ぬぐ》いきれない表情にあるのかもしれない。それでも人妻は、再び両手を背中に回すと、今度はプチッと音を立てブラジャーのホックをはずしてくれた。

華奢《きゃしゃ》な女体を締め付けていたブラジャーがたちまち力を失い――ブルルルンッ！

「あぁん、やっぱり少し恥ずかしいわね……うふふ」

「うぉおおおお……」

解放された豊満な乳房が、楽になったとばかりに飛びだした。

濃密なフェロモンを匂わせて身を捩る完熟妻の胸元で、二つのふくらみが焼きすぎて膨れた餅のような威容を露わにした。

「祥子さん、き、きれいっすっ！　眼が潰れてしまいそうなほど美しくって、そして、ああ、超エロいっ!!」

正直な亮介の言葉に、蕩けんばかりの表情が零れ落ちる。

その美貌はさらに輝いている。色あせたと思い悩んでいたおんなの魅力を、亮介によって再確認できたからかもしれない。

「ありがとう。亮介くん……。あなたを選んで間違いじゃなかった……」

少なくとも九十センチ超えの見事な巨乳。ブラのサイズはGカップくらいだろうか。

締めつけから逃れたふくらみは、歳相応に下方向と左右に流れ、乳肌にさざ波を立てている。火照りきった乳膚には薄《うつす》らと汗が滴《したた》り、乳首も乳輪もピンクゴールドに輝いている。

今が食べ頃のサクランボのような乳首は、すでにぷっくりとしこりきっていた。

ワンピースが、お腹のあたりに残されたのは、やはり手術痕を気にしてのことか。それを差し引いたとしても、思わず涙ぐんでしまうほど美しい眺めであることに変わりない。

「ほら、直接触って。舐めたり吸ったり、亮介くんの自由にしていいのよ」

再びその場に横たえた祥子は、自らおっぱいを両サイドからせり上げ、柔らかそうな肉房を様々に変形させてみせている。

勃起乳首があちらこちらを向いてひしゃげる様子に、亮介はとてつもない欲情を覚えた。

自らのズボンをパンツごと脱ぎ捨てると、今にも挿入しそうな体勢を整え、矢も盾もたまらず魅惑のふくらみにかぶりついた。

「あうん……。くふぅ、あ、ああん……」

大きなふくらみを荒々しく鷲摑みにし、愛しさを込めて頬ずりする。

二つの熱い塊には、苦もなく指がぬぷんと沈んだ。鼻先も肉房にめり込ませ、やさしい風合いを堪能《たんのう》する。

「うおっ、や、やわらか。すごいっす。祥子さん、すごいっ！」

「そうよ。やわらかいの……。さあ、もっと揉んで。乳首にも、おいたしていいのよ」

「ああ、祥子さん」

ずりずりと貌を擦りつけ、夢中になって乳を揉む。

これはもう何というか、つきたてのお餅そのもの。なめらかで、ねっとりと顔や指にまとわりついて、それでいて弾力がある。

官能味たっぷりの朱唇が、亮介の指が乳肌に食い込むたび、妖しくわなないた。

（ぐふうううっ！　こ、興奮するっ。これが大人のおんなの、お、おっぱい。おおお……）

歳《とし》を重ねた大人のおんなであればあるほど、乳房は乳腺よりも脂肪がメインになるもの、という医学的知識を亮介は持っている。

（となると、このやわらかさの正体は、高密度に詰まっているトロトロ脂肪の賜《たまもの》ってわけか……）

しかも、このビンビンにしこりきった勃起乳首のいやらしさは何ということだ。

これまで、年上の女性に人気があっても、亮介は同世代の女性ばかりを追いかけてきた。そのために、こんなにも熟れた乳房の魅力をついぞ知らずにいたのだ。

（失敗した。こんなに完熟おっぱいがいいものだなんて……）

亮介が無心に揉みしだくと、やわらかさと弾力に満ちた乳房は、その手指を押し返しては、自在に変形して乳首の向きを変える。

乳房の性的魅力に煽られ、亮介はガチガチに硬くさせた肉塊を祥子の露出した股間部に我知らず擦りつけた。

ふっくらした肉土手に擦れ、淫裂から滴る愛蜜が亀頭部にまぶされる。

ずりりりっと肉幹を擦りつけると、イキ極めたばかりの陰唇がたまらないとばかりにヒクついた。

「おお、祥子さん」

下腹部から込み上げるやるせなさをぶつけるように、唇を窄めて片方の乳房にむしゃぶりついた。

「はっく……。あ、あぅん、亮介くん。そうよ、吸ったり舐めたり、好きに……ああぁ」

口腔を真空にさせる勢いで、ちゅうちゅう、ぶちゅ、ちゅぱっと乳首を吸いつけ、舌べろを絡みつける。

腹を空《す》かせた赤子のような性急さで、美熟妻の乳首を吸引するのだ。

わざと下品な吸い音を響かせれば、祥子はいっそう激しく身悶え、耳に心地いい啼き声を迸らせる。

それも下半身を責められていた時に、自らの乳房を弄《もてあそ》んでいたのと同様に、今度はしなやかな手を下腹部に忍ばせて、赤く充血したクリトリスを指先で揉み込むではないか。

「くふぅっ、ん、んん、ああ、ふしだらになる。亮介くんにおっぱいを吸われて、祥子はまたいやらしいおんなになるの……」

ぐりぐりと肉芽を圧迫する指の背が、亮介の下腹部も微妙にくすぐる。

「ぐふううっ、祥子さん、ああ、祥子さ～ん！」

くすぐったいような快感に思わず雄叫《おたけ》びをあげた亮介の勃起を、祥子の掌がひらりと裏返り、きゅっと握り締めた。

「うああ、おおっ！　お、おおっ！」

絡みついた手指が、肉幹をやさしく擦りつけてくる。亀頭部を半ば覆っていた皮を剝かれ、絶妙な強さで握りしめてくる。まるで触手にでも捉えられたかのような繊細な指使いに、鈴口《すずぐち》から多量の先走り汁を分泌させた。

「亮介くんのおち×ちん熱い……。それにすごく硬いのね……」

しなやかで男を知りつくした指使い。男の生理を熟知しながら、普段はおくびにも出さずにいる白い指が、亮介の股間を淫らに這う。いくら清楚な雰囲気を漂わせていても、その仮面の下には淫らなおんなの業《ごう》が隠されていたのだ。

「ああ、祥子、人妻なのに、いけないことをしている。そうさせるのは、亮介くんよ……。亮介くんだから淫らな祥子を見せられるのっ」

ふしだらなおんなである自覚が、いっそう祥子を大胆にさせるようだ。亮介の反応が愛しいと言わんばかりに、手淫が熱心さを増していく。

人妻であるが故、亮介と結ばれることにためらいがないわけがない。それでもあえて身を任せてくれる彼女の気持ちがうれしかった。

「うおっ！　祥子さん、き、気持ちいいっす。ぐあぁっ！」

図体の割に並みのサイズしか持ち合わせていないことは、これで祥子に知れてしまった。けれど、そんな羞恥を吹き飛ばすほど人妻の手淫は巧妙だ。

きゅっと掌底が亀頭部を擦りつけたかと思うと、五指が締め付けては緩《ゆる》み、ゆっくりと律動する。やがて、切っ先を縦列が迎え入れる角度に調節されると、さらなる快感が怒濤《どとう》の如く押し寄せた。

「ぐおっ……うぐうう……っ。ああ、もうたまらないっす、祥子さ〜ん！」

腰をぐいっと押し付ける亮介の動作と、艶尻を持ち上げる祥子の嬌態がシンクロした瞬間だった。

生暖かくもヌルついた女陰に亀頭部がぬるんとめり込み、ぬちょっと猥褻な水音を立てて蜜汁が溢れ出した。

大股開きの祥子が、下唇をキュッと噛《か》みしめる。

大人のおんなが見せる苦悶の表情、切なげな顔つきが悩ましい。

「んうんッ！」

身体に比して小さくとも人並みのサイズは持ち合わせている。楚々とした祥子の道具では、膨らんだ亀頭が膣口に引っかかった。愛液で潤沢に濡れているにもかかわらず、すんなりと入らない。それだけに、亮介の太さや熱気、異物感は鮮明に覚えるはずだ。

「祥子さん、あったかいっす。それにヌメヌメして最高に気持ちいいっ！」

「まだ入り口だから。これからもっとよくなるから……」

若牡を全て迎え入れることが使命とばかりに、腕を伸ばして首筋にすがりついてくる。もっと体重をかけて構わないとばかりに、引きつけてくるのだ。自然、腰がぐぐっと押し込まれる形となり、ズブリと肉茎が埋まった。

巨軀で覆いかぶさっても、肉感的な祥子ならば全て受け止めてもらえる安心感がある。

「あ、あああぁぁぁぁン」

「ぐ、ふううううっ！」

生温かいこなれた柔肉に、胴体をすっぽりと包まれる感覚。股間に炸裂した凄まじい快美に、亮介は渾身の雄叫びをあげた。

しとどに濡れた膣肉が、うねりくねりながらペニスを締めつけ、肉棒が溶鉱炉に入れられた鋼《はがね》のように溶け落ちそうだ。

「ンンッ、ああ、硬い、それにすごく熱い……。ああ、亮介くんのおち×ちんが祥子のおま×こに……」

既に一度アクメを迎えている女陰は、本能的にその位置を下げ受精を求めている。それだけに、それほどの大きさでもないペニスでも、トンと膣奥に亀頭が収まった。

「ああん、当たっているわ。祥子の子宮におち×ちんが当たっている」

女壺の引《ひ》き攣《つ》る感覚に、祥子が大きな胸元を弾ませて喘いだ。

「そんなに褒めないでください。俺のち×ぽ、人並みですから……」

「そんなことない。本当にすごいわ。亮介くんのおち×ちん、中でドクドクしてる。それにとても太くて、おま×こが裂けそうよ」

しきりに褒めてくれる人妻は大股を開いているため、結合部が丸見えになっている。それも祥子の言葉通り、亮介の分身に刺し貫かれた女陰は、ぱつぱつに口を拡げていた。

「うおおっ、締まる。ヌルヌル絡みつく。祥子さんのおま×こもすごいっす！」

いやらしい眺めと迫りくる気持ちよさに亮介の声はしわがれている。その声が、人妻を駆り立てるのか、はたまた自らの官能の堰《せき》が切れたのか、白い尻がゆっくりと上下に揺れはじめる。

「だって気持ちいいのだもの……。ああ、祥子、おんなであると思いだしちゃう……」

美熟妻が溜め息混じりの艶声を放ち、丸みのあるヒップをしきりに揺する。

膣壁が別の生き物のように蠢き、肉筒が柔肉に引き絞られる。

「ああっ、祥子さん、射精《で》ちゃうっす。俺、ゴムも着けていないのに……」

美人妻と結ばれた喜びに浸る間もなく、勃起全体がジンジンと疼《うず》きだしている。油断をすれば、すぐに発射スイッチが入ってしまいそうだ。

「安全日のはずだけど、一応、妊娠するといけないから我慢してね」

そう戒めながらも、祥子の腰使いは激しさを増していく。対する亮介も、ジッとしていられるはずがない。込み上げる下腹部からの快感に酔い痴れながら、たまらない腰つきに合わせ力強い律動を返した。

「ぐうううっ、祥子さん、ああ、最高だ。たまらない。たまらないよぉ……」

うわ言のように誉めそやしながら腰を遣う度、人妻のやわらかい粘膜がカチカチの硬度と野太さに馴染《なじ》んでいく。

「あうん、くふう、いいの、亮介くん、いいっ、もっとよ、ねえ、もっと……」

意識的な技巧か、絶え間なく人妻は膣襞を締め、緩ませている。熟女の艶めかしい練り腰もどんどん大きくなってくる。激しい性交にワンピースの裾がさらにたくし上がり、白い臀丘が剝き出しとなった。

「くううっ。最高だ!!　祥子さんは、最高っす！」

ヌメヌメの粘膜がペニスに絡みつき、肉胴の表面をまんべんなく擦られる。

「あうん、いいわ。祥子の気持ちいいところに当たるの。亮介くんとは相性がいいのね。ああ、だめ、またイキそう……」

バチンバチンと、恥骨同士のかち当たる音が響くたび、甘ったるい感覚に女体が包まれるのだろう。大きな瞳はすっかり潤み溶け、眉間には眉根が寄せられて、深い皺《しわ》を刻んでいる。肉ビラを連想させる朱唇を悩ましくわななかせながら、絶え間なくよがり声をあげ続ける。

「ああん、イクぅっ！　ねえイクぅっ！」

兆したアクメにのたうつ人妻。それでも、甘い悦楽を残らず味わい尽くそうと言うのか、亮介の腰部に祥子の美脚が絡みつき、踵《かかと》が結ばれて、さらに深い結合が促された。

「ぐふうう、おおああ、根元まで呑みこまれた！　亀頭から付け根まで全部が締め付けられてます！」

ワンピースがへばりつくウエストが捩られ、回転の動きで摩擦を加速させてくる。

「ぐおおおっ！　も、もうこれ以上、我慢なんて無理です。離れて」

祥子の脚が巻き付いていて、亮介からは離れるに離れられない。それでいて、すでに限界を迎えてしまった状況に、亮介は目を白黒させて射精を耐えている。

「い、いいから来てっ！　祥子の膣内《なか》に、亮介くんの精子をちょうだいっ！」

身を離そうとする亮介の首に祥子がすがりつき、熱く唇を重ねてくる。舌をねじ込まれ、唾液《だえき》の音を立ててディープキスがなされた。

（むほお、だ、ダメだ。もう、とても耐えられない！　射精《で》る、射精《で》るぅううううっ！）

看護師のはしくれとして避妊の大切さは認識している。にもかかわらず、切羽詰まった射精感に心が折れ、必死に戒めていた菊座を緩めた。

「んぐふ。射精《で》る〜っ！」

口づけしたまま、亮介は叫んだ。手指には双乳を握り締めている。どどっと白濁が尿道を逆る快美感に、一段と膨らませた勃起を女体のなかでブルッと戦慄《わなな》かせた。

「ぬふんっ！」

熱い牡汁をまき散らされたのを子宮で感じ取ったのだろう。美熟妻の喉は歓喜の音色を奏《かな》で、白くムチムチした太ももが亮介の腰をさらにきつくホールドした。

「むふう、い、いっぱいあふれる……。ううう、た、たまらないわ。イクぅ〜ッ！」

子宮の入り口に夥《おびただ》しい精を注ぎ込みながら、絶頂に打ち上げられた人妻をうっとり見つめるしあわせ。

重く甘く肉に多幸感が染み入り、亮介と祥子は共に恍惚《こうこつ》へと誘われる。

「亮介くん……亮介くん」

祥子が甘えた声で名を呼んでくれる。その朱唇に亮介は、よだれを零しながら唇を擦りつけた。

私にはこの癒《いや》しが必要だったとばかりに、潤んだ瞳が訴えかけている。

男としての自信が全身に漲《みなぎ》り、その悦びを与えてくれた女体をぎゅっと抱きしめた。

第二章　エリート女医のやわらか乳房

1

（ああ、それにしても昨夜の祥子さん、色っぽかったなあ……）

結局、亮介は早朝勤務が待っていたため、祥子との逢瀬《おうせ》を愉しんだホテルからまっすぐ病院に直行する羽目となった。

（いかんぞ。まだ祥子さんのおっぱいが目の前にチラチラしてるぞ！）

めくるめく一夜は、一服の清涼剤はおろか麻薬のドーピングにも近い効果をもたらした。

一睡もしていないこともあり、ボーッとしたままで、仕事に身が入らないのだ。

「こら、亮介、今日は朝からぼーっとしてばかり。今の指示、聞いてた？」

先輩看護師の亜里沙から小声で注意され、ようやく我に返る始末だ。

「どうしたの？　どこか体調でも悪い？」

さほど亮介と身長が変わらない亜里沙が、痩身を寄せるようにしてこちらを見ている。天然なところのある彼女だけに、こんな小悪魔行動もごく自然だ。

「ほら顔が赤いよ。熱でもあるんじゃない？　先生に診《み》てもらった方がいいよ」

心配そうな表情で目の奥を覗かれ、亮介ならずともどぎまぎしてしまう。顔が赤くなるのも当然だった。

(うわあ、亜里沙先輩、いつの間にこんなに接近していたんだ？　か、カワイイ！)

彼女の接近にも気づかぬほど、注意力が散漫していたなど最近ではちょっとない。

「だ、大丈夫っす。体調はすこぶるつきで好調です。ちょっと考え事をしていたもので……」

盆の窪《くぼ》を掻きながら、へこへこと頭を下げた。

「そう？　しっかりしてね……。気を抜くと、この仕事は命取りになるから。亮介なら判っているだろうけど」

亮介は自らの修行の足りなさを恥じた。ミスをフォローされることはこれまでにもあったが、仕事に身が入らずにボーッとしていたことを注意されたことは初めてだ。

「すみません。しっかりやります」

決して亜里沙は亮介を咎めたわけではない。言葉通り、心配してくれているのだ。そうと判っていても、自らの非を認め謝罪した。

「ならば、よろしい」

大人キュートな美貌がこくんと小さく頷《うなず》き、ぱっと明るい笑顔を見せた。

「なんてね……」

次の瞬間、かわいくおどけると、くりくりとよく動く大きな瞳が悪戯《いたずら》っぽく輝いた。

遠ざかる彼女の後ろ姿を、またしてもボーッと見送る。

「ああ、いかん、いかん。亜里沙先輩に心配をかけるようでは、いかんぞ亮介。昨夜の余韻に浸っていては、大失敗してしまう」

亜里沙の言う通り、看護師とは命を預かる仕事に相違ない。

亮介は気を引き締め直し、仕事にかかった。

午前中の回診を終えたばかりで、いくつかドクターから受けたオーダーが残っている。

「富澤《とみざわ》さんと大樫《おおがし》さんに、点滴の指示があったな。それと廣末《すえひろ》さんの様子も見に行かねば……」

頭の中で段取りを考え、すぐに体を動かした。

忙しさの中に、入りこみさえすれば昨夜の情交を思い出さずに済む。けれど、わずかな時間の隙間にも蠱毒《こどく》のような妄想が湧き上がってしまう。

「まいったなあ。刺激が強すぎたかな……」

頭から追い出そうとすればするほど、祥子の艶めかしい肢体が瞼の裏にはっきりと浮かんだ。しかも、その妄想はエスカレートして、いつの間にか祥子から亜里沙へと向かうのだ。その美貌と間近で接したために、潜在意識に焼き付いたのだろう。

「いやいや、だめだ。亜里沙先輩でエロい妄想をするのは御法度《ごはっと》だ」

愛らしくも美しい亜里沙の横顔を頭の中から追い出すように、顔を左右に振った。

しかし、押しも押されもせぬ病院一の美人ナースの破壊力は並みではない。要注意の劇薬のように扱い、極力彼女を意識しないようにしてきた反動も出ている。

結局、昼休憩の時間になっても、もやもやが晴れることはなかった。

やむなく頭を冷やすべく病院の中庭に出て、コンビニ弁当で昼食をとることにした。

「無理に頭から追い出そうとするからいけないんだ。むしろ、めいっぱい妄想を膨らませてしまえば……」

午後三時まで勤務は続くため、さすがにこのままではまずいと、逆療法を試みた。

てっとり早くオナニーでもして抜いてしまえばすっきりするが、病院内ではさすがにそうもいかない。ならば、色ボケする頭を虚《むな》しさが募《つの》るまでフル回転させようと考えたのだ。

コンビニ弁当を胃の中にかきこみ、存分に亜里沙の肢体を脳裏に描いた。

（亜里沙先輩が、脱ぐときれいだろうなあ……）

亜里沙は、すらりとした長身にメリハリの利いた体形をしている。美しく腰はくびれ、出るべき部分はしっかり出ている。長い手足などは同性も羨《うらや》むほどだ。学生時代に水泳をしていたと聞くから、そのお蔭で伸びやかな肢体が培《つちか》われたのだろう。

ナース服の下は、せいぜい下着を身に着ける程度なので、悩ましいボディラインははっきりわかるのだ。

「先輩のおっぱいは、Dカップはあるよな。そこだけボンって前に出てる感じで目立つものな。ああいうおっぱいをロケットおっぱいって言うんだよな……」

二十七歳の彼女だから、その肉体は瑞々しいばかりではなく、熟れも帯びはじめているはずだ。

「亜里沙先輩の乳首は、どんなのかなあ……。先輩は白衣の天使そのものだから、純ピンクだったりするのかなあ……」

勝手なイメージを膨らませ、ツンと上向きな乳首を想像した。

2

「ロケットがどうしたの？　ピンクは沙智《さち》も好きだよぉ！」

ただでさえ締まらない顔を緩ませていた亮介の背中に愛らしい声が掛けられた。

一瞬にして凍りついた亮介は、恐る恐る首を捻《ね》じ曲げ、声の主を探った。

「えへへ。こんにちはクマさん……」

はにかむように腰を捩《よじ》り、ちょこなんと佇《たたず》むひとりの女の子の姿。まだ小学一年生の彼女は、神尾《かみお》沙智といった。亮介が小児病棟にいた時に担当したことのある少女だった。

大学病院では赴任当初、約半年ほどの間、あちこちの病棟を経験する決まりになっている。そうやって病院内の施設を覚え、医師や同僚の看護師たちと顔馴染《なじ》みになっていくのだ。

沙智を担当したのは、その時だった。担当といっても、ここではマンツーマンで担当するわけではなく、一つのグループが組まれ、そのグループで看《み》るシステムとなっている。

つまり、亮介が所属した班が、たまたま沙智を担当したのだ。

それでも沙智は初対面の時から亮介に懐《なつ》いてくれた。図体のデカイ亮介をクマさんのようだと親しみを持ってくれたらしい。

この仕事をする以前から、どういう訳か亮介は年上の女性と子供から好かれやすいだけに、面目躍如《めんもくやくじょ》といったところか。

「おおっ！　さっちゃん。こんにちは。今日はどうしたの？　診察？」

半年ほど前に沙智は、無事に退院している。恐らく今日は、定期健診だろうとあたりを付けた。

「うん。先生のところにおクスリもらいに……」

亮介を見つけ、駆けてきたのだろう。少し息が乱れている。

「そっかあ……。でも、元気そうだね」

沙智に遅れて、母親の神尾実菜《みな》が歩み寄ってきた。

（ああ、そうだ。さっちゃんのママは、すごい美人なんだ……）

近づいてくる美女の存在に、ざわめいていた心がさらに騒いだ。

母性を感じさせる嫋《たお》やかさと、凛とした大人っぽさが同居したタイプの美人だ。

とても彼女に七歳になる子供があるようには見えない。二十二歳の時に沙智を産んでいると聞いたから、来年三十路を迎えるらしい。

「こんにちは」と声を掛けると、シルキーヴォイスが「こんにちは、亮介さん」と返してくれる。

軽い会釈にもただならぬ気品が漂うのは、生まれついてのものだろうか。

世が世なら殿上人《てんじょうびと》のような存在にも思える彼女に名前を覚えていてもらえた上に、声を交わすことができた。たったそれだけのことで、天に舞い上がるほど幸せな気分になる。

神尾実菜は、それほど素敵な女性だった。

けれど、その華やかな美貌には、どこか影があるように亮介には思える。

彼女は夫を病気で失っており、その先入観があるからかもしれない。

「あら、こんなところでお昼ですか？」

膝の上の食べ残しのコンビニ弁当を目敏《めざと》く実菜に見つけられた。

「ええ、まあ。この涼しさが、気持ち良いかなって……」

まさか、妄想をめぐらすために独りになりたかったとは言えない。

「でも、亮介さんはいつも、コンビニのお弁当ばかりなのですね」

　言われてみれば、小児病棟にいた時分から、コンビニ弁当を昼食にすることが多い。院内にはレストランやカフェもあったが、そういう場所は性《しょう》に合わず、勢いコンビニ弁当に走りがちだ。もっとも、口には出せないが、それは昼食に限らず、晩飯もほとんどそれで済ませている。

「はあ……。まあ、こいつが手っ取り早いので……」

　盆の窪を掻きながら、曖昧に笑みを浮かべ取り繕《つくろ》った。

「でも、そんなものばかりを食べていては、体に良くないわ。今度、わたしの手料理でよければごちそうしますね」

　その誘いが、実現することのない社交辞令であろうことは、子供頭の亮介でも承知している。それでも、そう言ってもらえるだけで、うれしかった。

「ありがとうございます。今度、是非」

「うふふ。本当に是非……」

　清楚な佇まいの中にも、震い付きたくなるような色香が漂うのは、その三日月形の眼がそう感じさせるのかもしれない。

「ねえ、本当？　クマさんがうちに来てくれるの？　ねえ、いつ？　沙智、早くクマさんに往診してほしい！」

傍らで聴いていた沙智が、前のめりにせがんでくれた。

「では、予約の時間があるので、これで……」

沙智の小さな手を引き、実菜が院内へと続く通路に戻る。その時、ふいに沙智が母親の手を振りほどき、亮介の元へと舞い戻った。

「うん？　さっちゃんどうしたの？」

「えへへ。沙智のママ、今日もきれいでしょう？」

娘の沙智にとって、母親の美しさは誇りであるらしい。

亮介が「うん」と頷くと、満足したのか沙智は、くるりと踵《きびす》を返し、また母の元に駆けて行った。

向こうで実菜が、会釈をしてくれる。

その微笑ましい様子と未亡人の美しい所作《しょさ》に、鼻の下を伸ばしながら亮介は、これもラッキーエロのひとつと気を良くした。

3

「ふああっ。長い一日だったなあ……」

病院の通用口を出ると、亮介はひとつ大きく伸びをした。

暮れなずむ空は、鮮やかな夕焼けに染まっている。

同僚の一人から体調を崩したと連絡があり、結局、亮介は三時までの勤務を六時まで延長する羽目になった。

けれど、実菜と沙智母娘《おやこ》のお蔭か、午後からは機嫌よく勤めることができ、今は充実感さえ覚えている。

「さて、明日は日勤だけど、どうするかなあ。どこかで食べて帰るか？」

実菜とのやり取りを思いだし、コンビニ弁当で済ませることに少なからず抵抗を感じた。とは言うものの、これといって当てがあるわけでもない。

「まあ、いずれにしても駅に向かうか……」

脚を進める方向を考えていたところに、亮介の脇に一台の高級車が横付けされた。

助手席の窓がスムーズに下がると、ドライバーシートから身を乗り出した新庄朱音の姿があった。

「乗りなさい。送ってあげるわよ」

こういう状況に遠慮するたちでもない亮介は、誘われるまま助手席のシートに腰を落ち着けた。

するとと朱音は、すぐにクルマを発車させた。まるで、拉致《らち》られたかのような感覚を覚えたのは、亮介の家の方角を尋ねることもなく、女医がハンドルを切るからだ。

「あのぉ、どこまで？」

亮介の方が、送るかのようなセリフを吐くと、朱音が唇に魅力的な笑みを載せた。

「少し、わたしに付き合いなさい！」

強引な運転ながらも適切なハンドルさばきは、彼女の手術を髣髴《ほうふつ》とさせる。

方角的には、海岸線に向かっていると気づくと、なんとなく気持ちに余裕が生まれる。

（新庄先生の頬が夕陽に染まってきれいだ……）

彼女の様子を盗み見て、亮介はそんなことを思った。

腹は空いているが、別に何か用事がある訳でもない。ならば、こうしてドライブするのも悪くない。まして、相手は美人女医の朱音なのだ。

少しだけ怖い感じはするものの、いつもの威圧感は不思議と感じられない。真剣な運転ではあったが、むしろ、その表情は穏やかなようにも見えた。

車内に音楽が流れるわけでも、軽い会話があるわけでもないが、なぜか亮介の心は落ち着いた。

彼女が言葉を欲しないようなので、むしろそれが楽だった。

海辺が近づくにつれ、潮風の匂いが漂いはじめる。

朱音はそれが望みであったように、車窓をあけた。

少しだけ赤味を帯びたショートカットが、風にそよぐ。

潮の香りに混じり、ふんわりと甘い体臭が亮介の鼻腔に届いた。

（うおっ！　甘い香り。ムスク系の香水だろうか……。新庄先生って、こんなにいい匂いさせてたんだ……）

小さな発見に、なぜか下半身が疼いた。

（あれ、やばいっ！　反応してきちまったぞ……）

十分すぎるほど美形の朱音であり、亮介が病院で遭遇するラッキーエロは、彼女のモノが一番多い。それが連想されたのか、はたまた昼間のもやもやがぶり返したか、亮介の分身は節操なく勃起しはじめた。

盛り上がったズボンの前を隠そうにも、助手席のシートではどうすれば良いかも浮かばない。

（まあ、いいか。新庄先生は、運転に没頭してるし……。人並みの俺のち×ぽなんて気づかれないかも……）

能天気にそんなことを思いながら、亮介はむしろ朱音を盗み見しつづけた。

白衣を脱ぎ、私服姿でいる彼女が珍しいからだ。

（先生がカッコいいことは知っているけど、こんなに細身《ほそみ》だったっけ……）

縦縞の入ったオフホワイトのシャツをラフに着こなし、七分丈《しちぶたけ》の濃紺のスキニーパンツをスラリと穿きこなしている。アイスグレーのロングカーディガンがアクセントとなって、モデルのようなクールさだ。

（あんなに足が細くて長い……。ウエストも細いよなあ。なのにおっぱいは大きいんだよなあ……）

彼女の深い胸の谷間は、幾度となく拝ませてもらっている。グラマラスなバストが、Dカップを超えていそうなことはその眼で確認済みだ。

院内で、なぜ彼女がお局《つぼね》様のような扱いを受けるのかよく判らない。

歯に衣着せぬ物言いや、整った美貌が誤解されやすいのか、はたまたさばさばした性格が災いするものか。

けれど、亮介だけは知っている。意外に朱音は情に厚く、やさしさも人一倍であることを。彼女が患者に慕《した》われるのも、そんな一面があってこそだ。

（それにしても、今日の先生は、どこか変なような……。医局で何かあったかなぁ）

亮介がそんなことを案じるうちに、クルマが速度を落としはじめる。

港の見える小高い丘に停車したころ、山の向こう側に太陽は沈んだ。

「日没が、この海側ならもっと綺麗なのにね……」

珍しく感傷的になっているのか朱音がそんなことを口にした。

（そうか。朱音って名前は、夕陽に通じるんだ……）

照れくさ過ぎて口にはできないが、そんな思いつきを抱きながら、まじまじとその横顔を眺めている。海を見つめたままの彼女の頬に、未だ赤く染まる空の色が投射している。

「何よ。わたしだって、ロマンチックな気分になることもあるよ。そんなに似合わない？」

先ほどのセリフが普段のクールさから、似つかわしくないと朱音自身が感じたのだろう。じっと見つめるばかりでリアクションのない亮介に、朱音が苦笑交じりに自虐的に言った。

「いいえ。そんなことないっす。先生が、誰よりも情緒豊かなこと、俺は知ってますから」

今度のセリフは、照れくさいながらも口にした。きちんと伝えてあげたいからだ。

ぞ！）


「バカ。何を言ってるの。ほんと、あんたはバカだね」

人をくさしながらも、朱音の頬は夕陽に染まる以上に赤くなっている。

ツヤツヤと頬が紅潮して、いつになく色香が漂った。

「先生は、とってもおんならしい人で、やさしいじゃないっすか。いつも強がってばかりっすけど……」

急に、そわそわと朱音に落ち着きがなくなり、パタパタと自らの頬を手で煽《あお》っている。その癖、亮介の視線を意識しているのは、一目瞭然だ。

（おおっ。先生がカワイイ！　こんなに色っぽくて、カワイイ先生見たことないぞ！）

まるで見合いの席にでもいるように朱音が恥じらい、狼狽《ろうばい》もしているためか、かえって亮介の方は落ち着いて彼女のことを観察できた。

「まったく、君はそんなにいやな奴だったの？　こうすれば、逆転できるかしら？」

紅潮した美貌が、思い切ったようにこちらを向いた。

次の瞬間には、痩身がぎゅっとねじ曲がり、いきなりこちらに覆いかぶさってくる。

「えっ、せ、先生？」

「いいから、黙っていなさい！」

口をつぐむよう促されたかと思うと、朱音の唇が押し当てられた。

薄い割に、やわらかくもふっくらぷるんとした感触。わずかにぬめりを帯びた口唇が、二度三度と押し当てられる。

（うわあああああああっ！）

途端にパニックに陥《おちい》った亮介だったが、身動き一つできない。ただひたすら固まったまま、朱音の唇の官能的な触り心地を味わった。

「やっぱり亮介くんは、テディベアみたいだね。その存在だけで相手を癒してくれる。そんなに硬くならなくていいよ……」

院内でも彼女のことを肉食系と見做《みな》すものは多い。その言動がそれを喚起させるのだろう。それでも亮介だけは、本来の朱音は別にあり、肉食系と映るのはむしろ大学病院という場で生きていくために身に着けた仮面に過ぎないと思っている。

（やっぱり、新庄先生は肉食系じゃないか？　まあ、この際どうでもいいか……）

想像以上にやわらかく肉感的な女体に覆いかぶされ、亮介は頭の中にピンクの被膜が掛かっていくのを感じた。

「硬くならないでって言われても、ムリっす。ほら、俺のち×ぽ、こんなに硬くなって……」

しょうもない下ネタで、動揺を押し隠そうとしたがムダだった。

「ほんとバカ……。でも、こんなふうに反応してくれるんだね。ちょっと嬉しいかな。いいよ。任せて……」

何を思ったのか、朱音の長くしなやかな指が、亮介のズボンのファスナーを引き下げていく。

「えっ？　ちょっ、先生？」

いよいよ狼狽する亮介を尻目に、半ば勃起した肉塊が引きずり出された。

4

「いいから。じっとして……。君の役目は、手術で火照ったわたしの身体を宥《なだ》めること。代わりにわたしは、君に甘い時間を提供するから……」

メスを持つしなやかな指が肉棹に絡みつく。すべすべの指肌が、熱い体温に心地よい。

「ぐおっ、あ、でも、俺……」

朱唇に同じ器官を啄まれながら肉塊をしごかれると、わずかな理性も溶けてしまう。

「俺、なあに？　亮介くんには、意中の人でもいた？　それともお局さまでは不足かしら？」

いつもは理知的な光を宿す瞳が、いまはねっとりと潤んでいる。それでいて、亮介の心を見透かす深みは、変わらない。

「不足だなんてそんな……。意中の人なんてのも……。ただ、俺、自分のち×ぽに自信がなくて。先生の火照りを本当に鎮《しず》められるかどうか……」

「あら、うふふ。しっかりとやる気満々じゃない。大丈夫よ。男はおち×ちんの大きさじゃないよ。それに君が思うほどおんなは大きさを求めない」

クールな朱音らしく、亮介のコンプレックスを唇の端で笑い飛ばしながら、手指ではスラストを加えてくる。

「うごっ！　ふううっ！　き、気持ちいいっす！」

抑えきれぬ衝動を揺り動かされ、亮介は甘い快感に溺れた。

誰よりも器用にメスを操る朱音だから、男の急所を突くなどたやすいのかもしれない。しかも、亮介を追い込もうとするかのように、さらなる責めが繰り広げられた。

「えっ？　お口で？　あ、朱音先生っ!!」

赤紫色の亀頭部に身体を移動させた朱音が、何の躊躇いもなくぱっくりと咥え込んでしまったのだ。亮介が「朱音先生」と呼んだことも、まるで意に介していない。それればかりか、朱唇はカリ首に寸分たがわず密着し、ショートカットを上下に揺らせながら、はやめに扱《しご》いてくる。

「うふふ。確かにガタイの割に大きくないけど……ぢゅぶちゅっ……それがカワイイじゃん。でも人並みのサイズはあるし……レロレロレロン……太さはむしろ立派な方……喉奥に咥えたら窒息しそう……ぶちゅるるるっ」

淫らな水音混じりに、朱音が分身を品評してくれる。人体構造を知り尽くした女医の言葉だけに、立派と言ってもらえるのはうれしい。それに彼女からなら「カワイイ」という言葉も決していやではなかった。

「ぐおおお、朱音先生、夢みたいっす。先生がフェラしてくれるなんて！　お、俺のち×ぽをおおおおおお……っ！」

亮介は薄目を開けて朱音が分身を咥えてくれている様子を視姦している。気の強い女医が傅《かしず》くようなあり得ない姿が、さらに男心をそそるのだ。

「そんなにわたしにフェラしてもらうのがうれしい？　いいわ、もっと味わわせてあげる。歯を立てないように……溢れたお汁は啜って……空いている手は、竿に絡みつけて……ううぅ、ど、どう？　わたしが身体で覚えてきたこと……ぬふん、ぬぷぅッ……」

熱心さを帯びた朱音の口淫奉仕に、頭の中で眩《まばゆ》い花火が幾度となく炸裂した。

「あおおおっ。あ、朱音先生、上手っす！　亀頭エラとか裏筋とか、感じるところ全部くすぐられている感じでぇっ！」

たっぷり濡れた口腔粘膜が肉棒をやさしく包む感触。ヌルヌル動く朱音の舌が、肉幹に絡みつく。

肉棒を軽く握った手指も、ゆっくり小刻みに動いている。

（どうして朱音先生が、フェラチオを……俺のち×ぽを、咥えて……？）

相変わらず噴出する疑問ではあったが、答えは出ない。その疑問を口にしてしまうと、せっかく訪れた幸運も潰《つい》えてしまいそうで言葉にできなかった。

いま確実なのは、絹よりもやさしく肉棒を含《ふく》み込んだ朱音の口腔が、根元までも呑み込んでは吐き出す、ディープスロートを繰り返している、そのことだけ。

「ぐおおおっ。ちん先から溶けそう……。先生のフェラ、超ヤバいっす！」

呻きと共に褒《ほ》め称《たた》えると、気を良くした朱音の口淫は、さらに勢いを増して、ショートカットの髪を振り乱しながら上下運動を速めた。

朱音の鼻先が、亮介の下腹部の剛毛に埋もれるほどのディープフェラだ。

傅《かしず》く顔の表情は見えないまでも、上品な口元が、まるでタコの口のように窄められ、肉棒を食い締めているのがわかる。

「ぐ、ぐおおおおっ！　気持ち良すぎっすよぉ～～っ！」

押し寄せる快感に抗えぬまま翻弄《ほんろう》され、気がつくと射精衝動に下腹部がやるせなくわなないている。

「ぐちゅちゅるる……。ああ、君の先走り汁すごいね。あ……ああ……ん」

ほどよい丸みのナイスボディが、亮介の太ももに擦《す》りつくように、艶めかしく揺れた。口腔に拡がる男のにおいと味が、成熟した女体を甘く疼かせるのだろう。

押し付けられた女体はひどく体温が高い。よほど火照らせているのか、濃紺のスキニーパンツの内ももを擦り合わせている。その内側で、やるせないもどかしさを膨れあがらせているらしい。

「あ、朱音先生っ、激しっ……千切れちゃいます……ぐあっ！」

たまらず亮介が呻いたのは、朱音が髪を振り乱しながら、カリ扱《しご》きの速度を上げたからだ。包皮に巻きつけている五指も、必死に動かしている。

昨夜の祥子との情交により、溜まっているわけではない亮介だったが、ひどく上手な朱音の生フェラチオに、これ以上耐えることは不可能だった。

「あ、朱音先生っ！」

訴える亮介の声など、彼女の耳には届いていないかのように、一心不乱に激しい口淫が続く。

股間の奥に点《とも》った射精感が、一気に燃え広がり、ついに亮介を後戻りできないところに追い込んだ。爆発のエネルギーが陰嚢《いんのう》と肛門の間で急激に収斂《しゅうれん》し、そこに熱い火種が亀頭部から送り込まれたような感覚だ。

あっと思う間もなく、痛いまでに疼く会陰《えいん》から睾丸へと移動したマグマが、一気に吹き上がりそうになる。

（ぐぅううううっ、ま、まずい。このまま射精《だ》しちゃ、ダメ、だ！）

自分でもなぜ射精を憚《はばか》るのか判らないまま、ぐっとこらえるように肛門に力を込めた。

しかし、ここまで切羽詰まった射精感を留めるなど不可能だ。

せめて、と手を伸ばし、朱音の美貌に触れた。

美人女医に精子を呑ませることを躊躇い、肉棒を抜き取ろうとしたのだ。

「ウン！　うぅ、あ！」

けれど、亮介のその行動は、朱音の髪をかき上げることとなり、紅潮した横顔を露わにするばかりだった。

ただでさえ色っぽい彼女のフェラ顔が、しっかりと亮介の目に飛び込んだ。伏せた眼差しに長い睫毛を震わせ、苦しげに寄せられた眉根。頬はぽっこりと凹《へこ》み、窄められた唇のせいで、鼻の下が妙に間延びしているように感じられた。

全てがいやらしく歪み、猥褻極まりない光景でしかない。にもかかわらず、ひどく美しく、あまりに官能的な朱音の美貌に、亮介のタガが外れた。

「お、お、おおぉぉ！」

どうにも堪《こら》えられずに、ビュビュルッ、ビュシャァと厳しく吹き出す精液。尿道を灼《や》き尽くすほどの熱いマグマが暴走し、尿道口から噴火した。

「ぐふううっ。ああ、射精《で》ちゃったっ。朱音先生の口に……。すいません。朱音せんせ〜ぇ！」

謝罪の言葉を口にしながらもヒクつく腰を口腔に打ち付ける。全てのマグマを放出させきらないと衝動は止まないのだ。

「いいわよ……こぷふぅ……ぜんぶ、飲んであげるっ……君の熱い精液、全部……ごふううぅぅっ」

喉奥に貼り付いた第一弾を無理に呑み干し、続く舌腹に絡みつく二弾、三弾を胃の奥へと流し込む朱音。少しむせて、涙目になってまで彼女は、全て飲みこんでくれるのだった。

5

「す、すごい量……。こんなにイキが良くて、濃い精子を子宮で受け止めたら、孕《はら》んでしまいそう……。なのに、ああ、君はまだこんなにコチコチなんだね……。ねえ、今度は朱音の子宮に欲しい……。熱い精子を朱音のおま×こに注ぎ込んで……」

理知的な女医の朱音だから、SEX時におんなが背負うリスク、とりわけ生挿入によるリスクは承知しているはずだ。にもかかわらず朱音は、亮介をこのまま欲しいと求めてくれている。

「俺も、欲しいっす。朱音先生とエッチしたい！」

夥しい射精をしてもギンギンに勃起したまま収まらぬ肉塊を、頬ずりせんばかりに愛しんでくれる朱音に、あらためて亮介の方から求愛した。

「もうだめえっ……。我慢できない……。ここで、いいわよね。このまま、挿《い》れても……」

美人女医が顔をくしゃくしゃにして叫んだ。

まろやかなボディがゆっくりと持ち上がると、自らのスキニーパンツの前ボタンを外し、ファスナーを摘《つま》んで下げ降ろした。

(ウソだろう……。ラッキーエロがこんなに続くなんて……。しかも、朱音先生が相手だなんて、信じられない……)

左右に張り出した艶腰からゆっくりとパンツがずり下げられ、ヒールを履いたままの脚から抜き取られる。続いて脱ぎ捨てられたのは、赤いパンティだった。

(うおおおおっ！　朱音先生の陰毛、濃いいっ……)

濃い纖毛《せんもう》の先にはじっとりと滴《しずく》が光り、既に女陰を濡らしていることを物語っている。

「わたしが、上でいいよね……」

赤く染まった頰が、さらに紅潮して艶々《つやつや》とリンゴのように輝いている。

興奮さめやらぬ亮介は、分身を痛いほど奮《ふる》い立たせながらこくんと頷いた。

「お願いします。あ、朱音先生っ！」

亮介の返事に誇らしげに頷き返す朱音。長い美脚がどっしりした腰部の上に跨《また》がる。

ショートカットの髪に鼻先をくすぐられ、ただでさえ硬くさせた肉塊が一層いきり立つ。

このまま繋《つな》がれば、騎乗位というよりは対面座位に近い。

「ああ、君のおち×ちん、やっぱり熱い……」

後ろ手に亀頭部を女陰へと導きながら、美人女医が囁いた。

「先生のお肌も、相当にいいっす。弾力があって、もちっとこっちに吸いついてくる感じで……」

太ももに擦れる尻肌の感触を熱く伝えると、朱音はむぎゅりと女陰を絞り、亮介の亀頭部に愛蜜を滴らせた。

ぬめるような花びらが切っ先に被《かぶ》さり、朱音が鼻から息を吐きだした。

「つくふぅぅ……ん、んんっ！」

朱音の腰が一気に沈む。膣の入り口に亀頭がぬぷっと嵌《は》まる。

「うふうっ……ん、つくぅぅん」

ずぶずぶと肉柱が埋まるのと同時に、俯《うつむ》いていた美貌が持ち上がった。

眉を寄せ、細められた瞳と、あえかに開かれた口唇が、いままさに迎え入れていると告げている。

亮介の方もシートから腰を浮かせ、美人女医の女陰を出迎えた。張り詰めた肉塊を根元まで咥えて欲しかったからだ。荒ぶる若茎の切っ先で秘裂を押し開き、狭い窪みに抉《えぐ》り込むのだ。

「はぁ……あ、あうううっ」

明らかな喜悦をこぼしながら、朱音がクルマの天井を仰いだ。それでも彼女は、ズッと腰を落として挿入を深める。口の縁から唾液を垂らし、湯に身体を沈めるような仕草で、すっかり尻を落としてくる。

「あぁ〜うぅうん。ねえ、全部入ったよ」

「本当に先生のおま×こに入っちゃいましたね。俺、朱音先生と繋がってます！」

「そうだよ。君のおち×ちん、わたしの膣内《なか》にあるんだよ……。あ、あう、う……太いっ……熱くて、太いので、おま×こ拡げられてる……」

朱音が息も絶《た》え絶《だ》えに、ヨガリ声をこぼした。上気した顔がなんとも切なげだ。自ら異物を受け入れた横溢《おういつ》感に、官能がじわりと膣肉から拡がるのだろう。

「くう、先生の……す、すごいっす！　やばすぎるくらい、喰い締める!!」

亮介は女医の蜂腰に手をあてがい、息を詰めて蜜壺の感触を味わった。

「あぁっ！」

眉を吊り上げながら朱音が喘いだ。差し出された赤い唇に、亮介は貪りつく。

「ん、むぅ……。はぬん……うぐぅぅっ……」

キスをしながら、うねる膣襞が絡みついてくる。子宮が降りてきて、鈴口がこりこりと底にあたる手応えがあった。

並みのサイズの亮介としては、めったに味わえない感触に興奮がいや増す。その最中《さ》《なか》も肉棹がぎゅうぎゅうと締めつけられている。

「ほぐううっ……。き、気持ち……いいっ」

押し寄せる快感に反発しようと、先端を小刻みに動かす。けれど、動かせば動かすほどに、肉の先端が苦しめられた。

「ううう……」

下手《へた》に動くと、早撃ちしてしまいそうな感覚がある。

昨夜、たっぷりと祥子の胎内に放出し、さらには今さっき朱音の口腔に射精したばかりなのに、やるせなく肉塊がさんざめいている。

（それだけ、朱音先生が名器ということなのだな……）

少しでも長く朱音の中にいたい亮介としては、そのまま彼女の次の動きを待つしかなかった。

「あううっ。わ、わたしもいいっ！　おち×ちんの熱さでヴァギナが蕩けそう……」

その言葉通り、灼熱に女陰が溶け出したかのように、とろりと濃い本気汁が亮介の下腹部や太ももを濡らしている。

膣壁の収縮がはじまり、きゅるっ、きゅるっ、と長い肉襞《にくひだ》に亀頭部を舐められているかのようだ。

「くふぅうっ、んんっ」

甘く痺れる肉悦を堪えるように、再びふっくらとした唇が重ねられる。

唇を覆うやわらかな粘膜。肉棹をむにゅんと抱きしめてくるビロード粘膜。二種類の激甘粘膜が、とことんまで亮介を覆い尽くす。

「ぐっ、ぶはっ、おうぅうっ！」

締めつけては緩みする肉襞に男根が潰され、内側に溜まる精汁がちゃぷちゃぷと先走る。

「ぶおぉお、朱音先生、苦しいっ。そんなに絞られると、また射精《で》ちゃうっす！」

一度抜いたら落ち着くはずと思っていたが、それはとんだ見当違いだったようだ。

男の脳は、淫らな想像に弱い。ただでさえ、朱音は名器である上に、唇に覆われてその視界は制限を受けている。自然、意識はまぐわう性器に集中してしまう。

しかも、今自分の男根を咥えている朱音は、紛れもなく高嶺の花の女医であり、決して交わることのない女性と思っていた。そんな彼女とこうして粘膜を擦り合わせているのだから、亮介の脳中枢は勝手に盛り上がり射精を指示してしまうのだ。

「だめっ、まだ、射精《だ》しちゃだめっ！」

亮介の分身が、ブルンブルンと震えだしたのを知覚した朱音が、切なげに女体を絞った。

取り残される物足りなさに焦《あせ》ったのだろう。先走りしだしたカウパー汁を膣奥で受け止めているせいで肉の発情が進んだらしい。

「置いてきぼりにしないで……。わたしの火照りを鎮めてくれる約束でしょう？」

かつて聞いたこともないような媚《こび》を含んだ甘え声。あの朱音が、こんなふうにおんなを晒すなど想像もつかなかった。

「そうっすね。判りました。俺、先生のために頑張ります。じゃあ、ちょっとだけ待ってください！」

亮介は少しでも頭を冷やそうと、大きく深呼吸した。

ぎゅっと腹筋を固めて菊座を絞り直し、脳内では明日の仕事の段取りを考えはじめる。

気を逸《そ》らして、興奮を抑える作戦だ。

「さあ、我慢しますから、先生の気持ちが良いように動いてみてください」

ムズムズと込み上げるやるせなさが多少引くのを見計らい、亮介は朱音を促した。

6

「いいのね。それじゃあ、動かしちゃうからね」

朱音がそう宣告するなり、艶尻が上下しはじめた。とろみの濃い粘液をまぶされていても、締まった膣壁からは蛇腹《じゃばら》に擦るようなカリカリとした刺激が与えられる。

「ぐふうっ、お、おぉっ！」

抑えようにもどうにもならない咆哮が喉をつく。

(気持ちいいっ！)

たまらずに亮介の方もゆっくりと腰を浮かせて、美人女医の淫らな攪拌《かくはん》を手助けする。反《そ》り返る男根をマドラーに見立て、肉孔の縁を沿わせて肉襞を甘擦りするのだ。

「あ、ああン、すごい……」

知性漂う秀でた額が、悩ましい皺を刻む。凛としたオーラを霧散させて、欲しがるように腰を動かしてくる。

亮介を根元まで迎え入れ、石臼《いしうす》を引くようにゴリゴリと。

「ああ、硬い……。君の逞しいおち×ちんが、膣に擦れて……ねぇ、いいのっ！」

よがり歪む朱音の貌は、どこまでも美しく、まるで女神が官能に身悶えるかのよう。

「先生のおま×こも最高です。こんなにいいおま×こに挿入《い》れさせてもらえるなんて、俺……」

激情に揺さぶられた亮介は、その想いをぶつけるように腰を突き上げ、女体を串刺しにした。

「あふん、あ、ああ、そこよっ……。わたしの気持ちの良いところに擦れてる……」

軽く腰を浮かせた位置でとどまる朱音を、亮介は浅く引き抜いては、小刻みに抽送を繰り返し、肉孔に己《おのれ》の肉棒の味を覚え込ませる。

「あうう、挿入《はい》ってる……君のおち×ちん……亮介くんが……わたしのヴァギナにいっ」

うわずった声で、朱音は確かめるように呟いた。

「夢みたいっす。朱音先生にこんなHなことができるなんて」

「うふうん……。わたし知っていたのよ……。君がわたしの身体をいやらしい目で見ていたこと……。知っていた上で、わたしも見せていたの……。亮介くんの熱い視線に嬲《なぶ》られるの気持ち良かったから……あ……あああ」

うわ言のように秘め事を告白する朱音に、亮介はただ驚くばかりだった。

朱音からのラッキーエロは、意図的に与えられていたものであったのだ。

「朱音先生……」

「だって、うれしかったのだもの……。んふうう……。君の熱い視線に身体が火照ることもあったわ……」

思いがけぬ告白に、亮介の律動は疎《おろそ》かになっている。それがもどかしいとばかりに、今度は朱音の腰が繰り出される。

「うおっ！　朱音先生!!　それじゃあ、今は堂々と先生のおっぱいを見せてもらいます！」

亮介は、しなだれかかる朱音を軽く押しやり、その胸元のボタンに手をかけた。

手早くシャツの前ボタンを二つほどはだけさせ、がばっと観音開きにすると、赤い下着に包まれた白い肌を露わにさせる。

「あん、バカ、そんな性急に……」

咎めるような口調をしても、朱音は抗《あらが》おうとしない。それどころか、蜜腰の甘いグラインドが、ねっとりと熱を帯びる。

「おおっ！　朱音先生のおっぱい、深い谷間なんすね」

美しくもグラマラスな眺めに感動しながらも、当然のことながら触りたい衝動が起きる。それも直《じか》に触りたい。いつか貌を埋めてみたいと切実に望んでいた谷間だけに、その衝動も当然だった。

（朱音先生のおっぱいに触れる日がくるなんて……）

凄まじい興奮と感動を覚えながら、亮介は胸元をふっくら覆うブラカップの隙間に手指を滑らせた。

「うほっ！　やらかっ！　つるつるすべすべで、最高の触り心地……」

少し汗ばんでいる乳肌は、大理石のようにすべやかなのにしっとりしている。

弾力がある上に、もちっと吸いつくような極上乳膚を掌に弄んでから、今度はその全容が見たくなり、ブラカップを力任せに上へとずらした。

「あううっ！」

少し痛かったのか、朱音が軽く呻きを上げた。

ふるんと零れ落ちた双丘は、滑らかな肌に包まれた魅惑のふくらみ。挑発的につんと上を向いた乳首は、華やかに赤く色づき、まるでグミのよう。

わずかに垂れ下がってはいるが、見事なまでの鳩胸は、亮介を視覚でも誘惑した。

「うおおおっ！　朱音先生のおっぱい。なんて素敵なんだ！」

全容を露わにした双《そう》の乳房を、恭《うやうや》しく下方から捧げ持つように支え、ゆっくりと指の腹で潰していく。

「はうん、あ、つくふぅ……」

胸元からも快感が湧きあがった朱音は、細腰の蠢きをさらに忙《せわ》しくさせて、さらなる官能を紡《つむ》ぐ。

ひたすら肉悦に溺れたい亮介は、すっかりガマンできなくなって、大きく腰をグラインドさせた。猛々しい肉エラで肉襞を道連れに、ぐちゅ、ぐちゅ、と掻きまわす。

「ああ……あああ……」

美人女医は相貌《そうぼう》を振り立て、ひっきりなしにヨガリ泣く。亮介は双の胸乳を鷲掴み、シートのバネを利用して、尻を弾ませながら抜き挿《さ》しを図った。

跳ねまくる乳房をさらに強く絞り、律動の速度を上げていく。蜜壺が引き込むように蠢き亮介の分身を搾《しぼ》った。

「ぐふうっ……朱音先生、そんなに欲しがったら……お、俺、やばいっす」

またしてもやるせない射精衝動が鎌首をもたげてくる。しかし、今度は朱音も「ダメ」とは言わない。

院内を颯爽と闊歩するあの朱音が、媚《こ》びたような顔つきになって亮介にしがみつくのだ。

「あううっ……気持ちよすぎる、亮介くん、いいの……わたし、イキそう……ああ、イキそうなのっ……うふう、ぅう、ああん」

ショートカットを振り乱し、啼き悶える朱音に、亮介はずちゅっ、ずちゅっとリズミカルに亀頭を突き上げる。

「ぐおおおっ、あ、朱音せんっ、せい〜〜っ！」

車内にピチャピチャという水音を響かせ、女孔のなかをエラ首でこそぎたてる。

「ああ、う、うそ……。もう射精《だ》しそうって言ったのに……。あうう、そんなに力強く跳ね上げられたら……あぁっ……だめよぉ……お尻が跳ねちゃう」

フライパンを返すように腰を返すと、肉感的な割に体重の軽い朱音が、宙に跳ね上げられる。

それを亮介は太ももで受け止めては、また大きく打ち上げる。

カリ首に抉られたゼリーが掻きだされ、内ももや会陰部に生温かなとろみが飛び散る。性器がぶつかるたびに愛液が圧され、結合部にぬるぬると広がってゆく。

熱烈に美人女医を串刺しにしながら、今度は亮介の方から彼女の唇を掠《かす》め取った。

「うッ……んぅ、ううぅ、んっ……ほぅ、くふんっ、ううんっ」

亮介の舌愛撫がつづく。膣粘膜を激しく責めたてながら、勃起乳首も手指ですり潰してやる。痛みにも近い強い快感が朱音を襲い、艶めいたよがり声が零れる。唇を塞いだままなので、唸るような声が車内に響いた。

「くふうっ……。ああっ……もう少し、もう少しで、二回目がくる……お願いよぉ……朱音をイカせてっ……」

「お、俺も、もう、ムリっす。射精《で》ちゃいますっ」

朱音は気づいていないが、実はちゅるちゅると鈴口から汁が飛び出している。我慢するとか、彼女をイカせてからとかという意識とは無関係に、一度こぼれだした汁は、もはや途中で止めることなどできなかった。

根元がすっぽりと嵌まったおんなの秘孔の縁から、明らかに愛液と違う粘汁がコポコポと溢れ出ている。粘度の高い白濁液は、双方の陰毛にまでまとわりついた。

「くぅうう」

亮介は、無力感と快美感に苛《さいな》まれながら律動を続けた。

放出しながらのピストン運動は初めての体験だ。けれど、何とか彼女の望みを叶《かな》えたい思いから、ぴゅるると液を噴き上げながらも腰を突き上げる。

「いやっ、いやっ、いやっ」

絶頂の際《きわ》にいる朱音も、こちらの状況などお構いなしに、自ら急速に尻を振っている。

膣壺の中が、朱音の愛液とこちらが零《こぼ》す男汁とでぐちゃぐちゃになり、滑りはむしろ軽快になっていた。

「こんなにヌルヌルしたおち×ちんで、擦られるのっ、わたし、初めてよ。これいいっ」

昂奮の度合いが高い分、射精が長く続き、多量の液が吹き零される。亮介は唇の端から涎《よだれ》を垂らしながら、あんぐりと口を開け、朱音の歓喜に歪んだ顔を脳裏に刻んだ。

すっかりとろけきった子宮口には、グッ、グッと若茎の先端が当たっている。そこに放出しているのだから安全日でなければ妊娠必至だ。

「んぅぅ、来てるっ、亮介くんがわたしの膣内《なか》でイッてる……あううん、あああんっ！」

押し寄せる射精発作に頬を強張《こわば》らせる亮介を潤んだ瞳で見つめながら、朱音の肉体もさらなる極みに向かっている。

「もうだめ、何も考えられない。ああ、イクわ、イク、イクぅ〜〜っ！」

適度に肉の付いた丸みのあるボディが、ねじ切れんばかりに捩られる。苦しげに美貌を歪めながらも、美人女医はただ悦楽に身を任せ、雄叫びのような声をあげている。

「いっぱいイッてください、俺もイッてます……。ぐふううう、朱音先生のおま×こ良すぎて射精が止まらない！」

今日二度目の射精なのに、昨晩もたっぷり放出しているというのに、どうしても射精発作が収まらない。

体中の水分が全て白濁液となって、吹き出すような感覚だ。

(ああ、俺、壊れたのかも……。こんなにいい思いできたのだからムリないか……)

亮介も朱音同様に顔を歪めると、ぬかるみにペニスをさらに押し込んだ。

大半を放出し尽くしたため、ようやく硬度を失いつつある。それでも精子一滴たりとも残さずにまき散らすつもりの亮介は、これが最後の踏ん張りとばかりに、ぐいっと腰を突きだして、付け根の肉まで押し入れるのだ。

「はああん、子宮が震えてる、ああん、イクの治《おさ》まらないぃぃ～～……っ！」

亮介の太ももの上で、白い肉体をガクガクと痙攣させ、美人女医がエクスタシーを極める。それも、数度にわたる絶頂を凌駕《りょうが》する大波に身を揉まれたか、息すら忘れ力ませている。

Ｍ字に開脚された両脚が、シートを踏み外して本能的に伸びた。

「ぐああ、朱音せんせい〜〜っ！」

互いの境目があやふやになるほど堅結して、亮介は肉棒をビクビクと脈打たせ、精子の最後の一滴を放つ。

「あうぅっ、うふぅっ、ふぷぅ、はううっ、くううう」

断続的に襲いかかるエクスタシーの波に翻弄されながら、朱音は鳩胸を波打たせて悶絶している。

よがり狂う表情は、弛緩《しかん》してだらしない。にもかかわらず、どこまでも官能的で美しい。

（祥子さんもそうだったけど、おんなの人って淫らであればあるほど美しくなるのは何故だろう……）

そんな疑問を抱きながら、自らの太ももの上でのたうちまわる朱音の姿をうっとりと脳裏に焼き付けた。

第三章　未亡人は啼き上手

1

「あぶなかったわ……。うっかりミスにしても、きちんと確認していたはずなのに……」

これほど意気消沈した亜里沙を見るのは初めてだった。

「まあ、何事もなかったのですし……。三人も同じ苗字の患者さんが重なるなんて、紛らわし過ぎなんすよ……」

そう言ってフォローする涼介も、内心では冷や汗をかいていた。確かに、いくら忙しい亜里沙にしても、今回のようなケアレスミスは珍しい。

亜里沙はついさっき、同じ苗字の患者さんを取り違え、誤ったクスリを呑ませそうになったのだ。

幸いにも、他の用事でちょうど居合わせた亮介が気付き、事なきを得た。

「でも、ありがちなミスでは済まされないわ。あの患者さんの言う通り、私はあの人を殺しかけたのよ」

亜里沙のミスを察した患者は、「あんた、私を殺す気なの？」と怒りをぶつけた。いくら亮介が言葉を尽くしても亜里沙の表情は青ざめている。「殺す気か」の一言が、よほどショックなのだろう。

人一倍失敗をやらかしている亮介だけに、その心情は痛いほど理解できる。

「いや、あれはあの患者さんが、感情的になっていただけで……。普段は亜里沙先輩に感謝していたくらいっすから……」

真面目な亜里沙だけに、深刻に考え過ぎている。今回の件では、たとえあのまま呑ませていたとしても、経過観察で済むはずのクスリなのだ。

「そんなに落ち込むこともないでしょう。未然に防げたのだし……。先輩なら同じミスは繰り返さないでしょうから。絶対に大丈夫っす！」

少しでも亜里沙の心をケアしたくて、亮介は言葉を尽くした。いずれ時間が、彼女を立ち直らせると確信しているが、お節介でも余計なお世話でも焼かずには済まない。

日頃、散々彼女のフォローを受けている身であることもあったが、彼女が落ち込む姿は、少しでも見たくなかったからだ。

こんなに心配してしまうのは、亮介の気持ちが亜里沙に向かっている証拠だろうか。

「でも、ミスはミスだわ……。あんなに気をつけていたのに、本当に私、どうかしていた……」

看護師長の上月里緒も同姓の患者が三人いることで、再三にわたり注意を促していた。けれど、注意の上に注意を払っても、人間のやることだけにどうしてもミスはつきものだ。

あってはならないことと承知しているが、肝心なのは万一の時、どうフォローするかなのだと亮介は思っている。個人ではおのずと限界があるため、システムなり、チームなり、さらに大きな組織なりで支えあいフォローしあうべきなのだ。

その意味では、亜里沙を中心とするチームは、しっかりと機能したことになる。

「でも、俺たちはいいチームじゃないすか。これからも俺たちがフォローしますから」

亮介は大きな体を揺すっておどけてみせる。

「もっとも、実は一番頼りないのが俺ですから、チームリーダーのフォローをよろし

く お願いします」

そんなことを言いながら頭をまっすぐには下げずに、右斜め横に折る。

奇妙な仕草に、ようやく亜里沙が微笑んでくれた。

「まったく、亮介は……」

「そうそう。その笑顔。先輩の笑顔は一〇〇万ドルなんすから、そいつを絶やさないでくださいね。だいたい先輩は根《こん》の詰め過ぎで疲れてるんすよ……。気分転換に呑みにでも行きませんか？　デートでも俺は構いませんよ」

相手が弱っている時が、攻め時などと思っているわけではない。亜里沙の気持ちをケアするつもりで、口にした言葉だ。

けれど、亮介のどこかに亜里沙への想いがあるだけに、つい観測気球を上げるような誘いになっている。実際、病院一の美人ナースを誘うなど、こんなタイミングでもなければチャンスがないように思えた。

「疲れは言い訳にならないけど、そんな誘いでさらに私を疲れさせるつもり？　でも、まあ、カラオケくらいなら付き合わないでもないけど……」

予想外に脈ありの返答に、亮介は狂喜乱舞した。

しかし、そこにさらに想定外の言葉を亜里沙が吐いた。

「師長も今夜どうですか？　カラオケ行きません？」

「ええっ？」

亜里沙の視線を追って背後を振り向くと、いつからそこに立っていたのか、上月里緒の姿がそこにあった。

「ああ、それはないっすよぉ……」

亮介にすれば、亜里沙と二人きりでのデートを一瞬でも夢見ただけに、そんな言葉が口をついた。

「あら、亮くん、私も一緒だとお邪魔なの？」

気分を害したと言わんばかりの看護師長の口調に、あわててどうフォローしようかと頭を悩ます亮介だった。

2

秋の気配が日を追って濃くなり、今夜は冷え込むと予報が出た。

お蔭で亮介の仕事も増える。備蓄倉庫から予備の毛布を運ぶよう頼まれたのだ。

本来は亮介のやるべき仕事ではないが、パワーだけは人並み以上なだけにお安い御用だ。

「しっかし、惜《お》しかったなあ……。もうちょっとで、亜里沙先輩と二人きりのカラオケデートだったのに……」

あい変わらず頭に浮かぶことを、そのまま口にしてしまう亮介は、毛布をいっぱいに積みこんだカートを押しながらぶつぶつとぼやき倒した。

「だいたい師長も師長だよ。お邪魔と気づいているなら、遠慮すればいいのに。それも、ほとんど一人でマイクを独占して……」

昨夜は、カラオケボックスで、居酒屋のようなメニューを多量に注文しての歌謡大会で盛り上がった。実際には、ほとんどマイクを握っていたのは亮介で、師長と亜里沙は半ばあきれ気味に笑っていたに過ぎない。

「まあ、亜里沙先輩が少しでも元気になってくれたならそれでいいか……」

けれど、亜里沙が本来の元気を取り戻したのは、師長の里緒の存在が大きい。

「師長、私大きなミスをしました」

カラオケボックスに行く前に、亜里沙は師長に自らのミスを報告している。それも亮介のいるその場で。

正確には、ミスをしそうになっただけで、実害は生じていない。

インシデント報告は、現実にミスが起きた時に義務付けられているものの、未然に防がれた今回の件では、必要と認められるか微妙なところだ。

それでも、あえて報告するあたり亜里沙の人柄がうかがえる。

けれど、そこでも亮介はやらかしてしまった。

「いや、ミスをしたのは自分で、亜里沙先輩はファローしてくれただけっす！」

亜里沙が自らのミスを報告するとは思っていなかっただけに、咄嗟に彼女を庇《かば》うつもりでウソをついていた。

「何を言っているの。これは私のけじめの問題なの。亮介の気持ちは嬉しいけれど、黙っていて……」

いつになく強い口調で諭され、亮介は引き下がるしかなかった。

「確かに、際前さんらしくない失敗ね。けれど、ミスをしない人間なんていないわ。そこから何を学ぶかが大切ね。幸い、患者さんには実害がなかったのだから、反省すべきは反省して、あまり気に病まないこと」

柔らかい口調で、慈愛の籠《こも》った微笑さえ浮かべて話しかける里緒に、亮介は意外なものを見る思いだった。てっきり、亜里沙がきつく叱られるものと思っていたのだ。

別に、亮介がしょっちゅう叱られている訳でもない。穏やかな師長だけに、怒った顔を見た覚えもなかった。

（ああ、そうか。この師長が他人の失敗を詰《なじ》る訳がないんだ……）

怜悧《れいり》な美貌だけに、冷たい印象を抱くものの、実際の里緒は物分かりがよく、やさしい上におっとりとした人物なのだ。

もちろん、高潔であり、厳しい一面も持ち合わせている。だからこそ、三十三歳の若さで大学病院の看護師長を任されているのだろう。

「そうね。そんな失敗をしたときは、気分転換も必要ね。よし、じゃあ、わたしもカラオケ付き合おうかな。構わないわよね、亮くん？」

突如、話を振られ、亮介はしどろもどろで「か、かまわないっす」と返事をした。

「ところで、亮くん。さっきのウソの報告はいただけないぞ。まあ、際前さんを庇おうとする男らしい態度だけは買うけど……」

緩急自在の里緒に、亮介はとても叶わないと痛感した。師長が亮介をダシに、その場を和ませようとしていると気づいたからだ。

実際、クスクスと笑いだした亜里沙に、亮介は心からホッとしたものだ。

「しっかし、看護師長も狸《たぬき》だよなあ……。いや、あのお人は狐《きつね》か……」

ガラガラと台車を押しながら昨日の出来事を思い出していた亮介は、なんとなく里緒の美貌を思い出していた。

「あの切れ長の眼にやられるんだよなあ……。そっか、髪を後頭部でお団子にしているから、少し目尻が吊りあがってお狐さまになるんだね」

コンタクトでも入れているのか、彼女の瞳は、いつも雪の結晶を集めたかのようなキラキラとした輝きを放っている。それが何とも言えず色っぽく、亮介を切ない気持ちにさせる時がある。

「あの瞳には吸い込まれてしまいそうだものなあ……。それに看護師長のくせに、あんなにエッチな身体をしていて……」

細身に似合わぬ豊かな胸が、ひときわ目を惹《ひ》く。必ずしも亮介はおっぱい星人ではないが、肉感的なその身体には振るい付きたくなることもしばしばだ。

家庭では清楚な人妻として、職場では人望も厚い若き看護師長として、才色兼備の里緒は、おんなとしても盛りを迎え大輪の花を咲かせている。

亜里沙のことを夢想している時とはまた違い、里緒のことを思うと甘酸っぱい想いが込み上げ、亮介は戸惑いつつもうっとりとしてしまうのだ。

「いかんいかん。お狐さまにたぶらかされてはなりませぬ」

またしても院内で、だらしなく口元を緩める自分に気づき、首を左右に振った。

「亮くん、誰がお狐さまなの？」

背中に里緒の声が突き刺さり、亮介は一瞬にして凍りついた。

昨夜の愉しい思い出に浮かれすぎたのを後悔しても後の祭り。仕方がなく一思いに謝ってしまおうと、恐る恐る振り返ると、なぜかそこには亜里沙の姿があった。

「うふふ。師長の物まね、似てた？」

チャーミングにぺろりと舌を出し、肩をすくめるその姿に、亮介は全身から力が抜けた。

「先輩〜っ。そりゃ、ないっすよぉ」

「ごめん、ごめん。そんなに似てた？」

両手を顔の前で合わせクスクス笑う亜里沙に、やはりこの人は天然だとつくづく思う。

「でも、師長のことをお狐さまだなんて、亮介、悪いんだ」

「亜里沙先輩だって……。俺、一言もお狐さまが師長だなんて言ってませんからね」

「ん？　あれ、そうだっけ？　でも、師長のことでしょう？」

屈託《くったく》のない笑顔に、亮介も笑うしかない。

「まあ、そうなんすけどね……」

その様子に、またしても亜里沙が吹き出している。

「それにしても、亮介の焦りっぷり、おかしかった」

「ひどいなあ……。本当に、本気で焦ったんすよ」

憮然《ぶぜん》としていると、「ごめん、ごめん」とまた謝ってくれるのがうれしい。すっかり彼女が、いつもの調子に戻っているからなおさらだ。

「あのね。昨日は助かった。感謝してるよ」

急に、真顔になった亜里沙が、ぺこりと頭を下げた。

「庇ってまでくれて、ありがとう」

元の位置に頭が戻ると、何を思ったのか亜里沙は、掌をぽってり肉厚の唇に運び、軽く口づけしてから、亮介の方にふっと吹いてくれた。

あまりにコケティッシュな投げキスに、心臓がバクバクと音を立てる。

照れくさそうにくしゃくしゃっと笑い、亜里沙はクルリと背中を向けて、逃げるように去ってしまった。

「あ、亜里沙先輩ぃ〜〜っ」

天然小悪魔のその背中を、ひたすらやるせない思いで見送った。

3

「ああ、亜里沙先輩」

よほどあてられたのか、亮介は頭から亜里沙のことが離れずにいる。

彼女の姿を目で追いながらようやく午前中の仕事をこなし、昼休憩を取るために前庭のいつものベンチに腰を降ろしたところだ。

「投げキッスをもらえたってことは、憎からず思ってもらえてるんだよな……」

もう一度、先ほどのやり取りを思い起こし、またしてもだらしなく顔を緩める。

締りのない薄笑いが貼りついていたせいで、応対した患者さんのことごとくから気持ち悪がられる始末だった。

あんな心ここにあらずの状態で、我ながらよくミスをせずに済んだと思う。

少しは頭を冷やさないと、取り返しのつかぬ事態を招きそうで、またしてもここで昼食をとることにしたのだ。

「ううっぷ。やっぱ、寒いか？」

予報通り気温が下がってきている。この分では、紅葉も散るのが早そうだ。

けれど、そこは体育会系。鍛えた体は、新陳代謝がよく体温も高い。普通の人であれば、退散するような寒さでも、亮介にとっては火照った体を冷やすのに丁度よいくらいだ。

「腹減った……。恋の悩みで飯が食えないなんて、俺にはないなあ……」

買ってきたコンビニ弁当を開け、ちまちまとソースをかける。

「いただきます！」と、誰に聞かせるでもなく挨拶してから、ものの十分もしないうちに弁当を平らげた。

「やっぱ、こいつだけじゃ足りないか」

そんなことは計算済みとばかりに、レジ袋からおにぎりを取り出す。

体力勝負の仕事である上、頭の中では忙しく妄想が繰り広げられていて、余計にエネルギーが必要と見える。

ペットボトルのお茶で口を湿らせ、包装を剥き取ったおにぎりにかぶりついた。

「実際、コンビニ弁当にも飽きたなあ」

亜里沙のことを想いながら、一方で飯のことを考えているあたり、自分が本能だけで生きている獣のように思えてくる。

「そうだよなあ。このところの俺は、調子が良すぎるし……」

自分でも怖いくらいにノリにノッている亮介だけに、自らを戒める気持ちも生じる。

「祥子さんや朱音先生とHしておいて、亜里沙先輩のことを想い、さらに上月師長にまで気があるなんて、絶対罰が当たるぞ」

人間の運は、生まれつき決まっていると何かで読んだ気がする。

生まれついて持ち合わせた幸運を使い果たしたとき人は死ぬのだという。病院という人の生き死にを目《ま》の当たりにする仕事に就《つ》いているだけに、そんな考え方になんとなく頷ける。

「でも、亜里沙先輩とHできるなら、一生分の幸運を使い果たしてもいいかぁ」

頬張ったおにぎりを喉奥に流し込み、ぼんやりそんなことを思う。

秋の空は、あっけらかんと澄んでいて、そんな刹那《せつな》的な考えが良く似合う気がした。

「クマさん、捕まえた〜」

亮介の背中に、むにゅんと可愛らしい物体がまとわりついた。両手をいっぱいに伸ばした沙智は、捕まえるというよりも、しがみつくといった態《てい》だ。

「うおっ。さっちゃんだなぁ……。ぐおおおおっ！」

亮介は背後に手を回し小さな女の子の腕を取ると、呼ばれた「クマさん」らしく大きな咆哮をあげながら、ぶんと振り回すようにして自らの腕の中に沙智を運んだ。

あまりに軽く華奢な少女は、風に舞うように亮介の胸に収まった。

ワイルドな扱いにも、きゃっきゃっと少女は歓んでくれる。間違えてもケガなど負わせぬよう、細心の注意を払っている亮介だからこそ、沙智も信頼をして笑ってくれるのだ。

「うわあ、沙智お空を飛んだみたい。ねえ、もう一回。もう一回してぇ」

カワイイおねだりにほだされ、今一度沙智を宙に上げる。

幼い女の子だけに、腕を強く引くと脱臼《だっきゅう》する恐れがある。それを承知してるから、貴重品を扱うように、決して気を抜かない。

お蔭で、亜里沙の面影も頭の隅に追いやることができた。

「ほら、ほら、亮介さんが、疲れてしまうでしょう」

傍らで微笑んで見守っていた実菜が、やさしい口調で沙智を促す。

すると、沙智は唇を尖らせて不服を漏《も》らした。

「えーっ。もう一回して欲しいのにぃ……」

軽い沙智を振り回すくらいどうということはないが、これ以上調子に乗って実菜を不安にさせるわけにはいかない。

「今日はもうおしまい。そうだなあ、さっちゃんの検査の結果が良ければ、もっとすごいアクロバットを味わわせてさしあげよう」

にんまりとえびす顔を見せると、つられて沙智も微笑んでくれた。

「あら、また亮介さん、そんなお食事で済ませて……」

目ざとく実菜にコンビニ弁当の残骸を見つかってしまった。

この間も、彼女に注意されたことを思いだし、大きな体を縮ませ頭を下げた。

「はあ、まあ、食堂も飽きてますし、これくらいしか選択肢がないもので……」

言い訳する亮介の様子が、よほどおかしかったらしく、沙智が口を大きく開けて笑った。

実菜も愉しそうにその隣で笑っている。

（おおっ！　実菜さんの笑顔、素敵だなあ……）

とても娘をひとり生んでいるとは思えない若々しさで、男に、彼女を放っておけない気持ちにさせる。

身持ちの堅い未亡人特有のバリアのようなものが緩み、素《す》の実菜が輝いた気がした。

上品な雰囲気の中にも、三日月形の眼がそこはかとなく色香を漂わせている。

「そうそう。約束覚えているかしら？　ご馳走すると……。どうかしら、もし、御迷惑でなければ、今夜、うちにいらして。手料理で申し訳ないけど、栄養をつけてさしあげるわ」

気品あふれる物言いに、たおやかな仕草。社交辞令と思っていた約束を覚えていてくれた実菜は、大輪のバラを思わせる華やかさで慈愛深く微笑んでくれている。

本来であれば、辞退すべき誘いであったが、眩《まぶ》しいほどに実菜が魅力的で、断るに断れない。

「クマさん。うちに来てくれるの？　うれしい！」

隣で聞いていた沙智が、すっかりその気になっているものだから、余計に断りにくい。

「ご迷惑をおかけするのは、俺の方で……。でも、いいんすか？」

いくら厚顔無恥の亮介でも、一応は、未亡人宅にお邪魔することを躊躇うくらいの分別はある。

「ええ、もちろん。沙智の往診をしてくださると言うことで、大歓迎しますわ」

看護師の資格しか持たない亮介だから〝往診〟というのは当たらない。けれど、実菜にすれば、沙智の歳のいった友達のような感覚で、遊びに来て欲しいと言っているのだろうと解釈できる。

それならと、亮介は快く、お招きを受けることにした。

「では、お言葉に甘えて……」

「わーい。やったー」

沙智が狂喜乱舞してくれるから、余計に亮介もウキウキしてくる。

やはり沙智の〝お友達〟という認識は、当たらずといえども遠からずなのだ。

4

「良いマンションだなあ……。それも山の手の一等地だものなあ……」

いかにも高級マンション然としたオートロックを前に、さすがの亮介も尻込みした。

実菜の美貌を思い浮かべ、想像以上に彼女がセレブであることになんとなく頷いている。彼女の上品な物腰は、本物の良家の子女であるからこそなのだと合点がいったのだ。

「やばい。緊張してきた」

浮き立つような気持ちに勢いだけでやってきたが、見るからに重厚な高層マンションに威圧され、場違いな自分を自覚した。

「けれどなあ、ここで恐れをなして逃げるわけにいかない。男、亮介、腹を決めるか」

お招きを頂いたのだから卑屈になる必要もないと、亮介は思い切ってオートロックにあらかじめ聞いていた部屋番号を入力した。

電子的な呼び出し音が響くと、さほど間を開けず、カチャリとインターフォンを取る音がした。

「はい。神尾です」

ハキハキとした可愛らしい声は、沙智のモノだ。お蔭で、緊張していた亮介にも少し余裕が生まれる。

「あ、さっちゃん。木下です。木下亮介です」

こちらには画像がないが、向こう側には届いているはずで、亮介は目に見えぬ沙智に向かって手を振った。

「いらっしゃいまし。お待ちしていました」

お行儀《ぎようぎ》の良い挨拶と共に、ガラスドアが自動で開く。急ぐぐると、ゆっくりと背後でドアが閉じた。

教えられた階でエレベーターを降り、部屋の前でドアフォンを鳴らす。

ピンポーン――。

時代によってどんなに電子音が変わっても、間延びしたこの感じだけは変わらない。

ほどなくドアが開き、沙智が可愛い顔を覗かせた。

「いらっしゃいませ。どうぞ、おあがりください」

インターフォン越しよりは幾分語尾をはっきりさせながら、沙智が可愛らしくもおしゃまな様子で室内に招き入れてくれる。

微笑ましい少女のお蔭で、緊張感もすっかり消えた。

「お招きにあずかりまして」

挨拶を返しながら靴を脱ぎ、さっさと奥へと向かう小さな背中を追いかける。

廊下を抜けるとリビングにぶつかり、そこで対面キッチンに立つ実菜と目があった。

「お邪魔しています」

「いらっしゃいませ……。適当にかけて、待っていてくださいね。もうすぐ用意ができますから」

小気味よくフライパンを振りながら、実菜が話しかけてくる。

その美貌が微笑みを浮かべると、三日月形の眼がより細くしなり、何とも言えぬ色香を漂わせる。

「ありがとうございます。あの、これ……」

ケーキの箱を目の高さにぶら下げてから、ダイニングテーブルの空いたスペースにちょんと置いた。

お呼ばれに手ぶらという訳にはいかず、ケーキ屋さんでスイーツを見繕《みつくろ》って手土産《みやげ》にしたのだ。

「あら。そんなお気遣いいらないのに。亮介さんがいらしてくださるだけで、大喜びなのですから」

喜んでくれているのは、主に沙智なのだろうが、それでも実菜からそう言ってもらえるのは嬉しい。

「いや、そう言って頂けると俺も気が休まります。あまりこういうことに慣れていなくて、何をお土産にしたらいいのかもさっぱり……」

甘いものにも目がない亮介だけに、美味しいケーキ屋の一軒も知らぬわけではない。けれど、ここまでのセレブなお宅に招かれたのは初めてで、本当にこんな手土産でよかったのか、気にしている。

「ありがとう……。沙智、ケーキ大好き！」

さっそくケーキの箱を開けたがる沙智に、実菜が顔を顰《しか》めた。

「あら、さっちゃんお行儀が悪い。お客さまに失礼でしょう」

「いえいえ。構わないっす。でもさっちゃんのお口にあうかどうか？」

危うい手つきの沙智に代り、亮介が箱を開けた。

「うわあ！　美味しそう」

「もう沙智ったら……。ご飯を食べてから、みんなで頂きましょうね」

母親の言い付けに素直に従い、沙智がテーブルに乗り出していた小さな体を引っ込めた。

リビングには、豚肉をソテーしたフライパンにケチャップベースのソースが入れられた香ばしい匂いが立ち込めている。

途端に、亮介の腹がぐうと鳴り、それを沙智がケラケラと笑った。

「あらあら大変。亮介さん、もう少しでできますから……」

実菜の主婦としての力量は並みのモノではないようだ。

サラダボールで調味料を混ぜ合わせ、できあがったオーロラソースを小さじで味見する。うんと小さく頷いてから、お皿に盛り付けた生野菜に泡だて器を器用に使ってふりかける。

その手際よさといい、香辛料を振るタイミングといい、華麗にワルツを踊るかのような見事さだった。

「ねえ、ねえ、クマさん。これ見て、沙智が描いたの」

実菜に見惚れていた亮介の手元に、沙智が画用紙を差し出した。

「おおっ！　さっちゃん、上手《うま》いじゃん……。これは、ママを描いたのかな？」

小学一年生にしてはかなり上手い絵だけに、それが女性を描いたものとすぐに判別できた。

「ママ」と言ったのは、当てずっぽうだが、どうやら正解であったらしく、沙智の満面に満足の笑みがこぼれた。

「こっちは、クマさん」

二枚目が差し出され、そちらには女の子が本物のクマと手を繋いでいる姿が描かれている。てっきり、自分のことを描いてくれたと思った亮介は少しずっこけた。

そこに、実菜がやわらかい笑みを浮かべながら、料理の載ったお皿を運んでくる。

「お待ちどおさま。できあがりました。沙智、テーブルの上を片付けてね」

母親の言葉に、素直に従う沙智。

しばし味わっていなかった家族だんらんの雰囲気に、亮介はくすぐったいような、それでいて暖かい想いを抱いた。

5

「ほら、沙智、お口のところ付いてるわよ」

ポークソテーのケチャップソースで口元を汚している沙智を、実菜が水に浸したタオルでやさしく拭《ぬぐ》う。

くすぐったそうに笑う沙智とやさしい母親の微笑ましい光景を、亮介は満ち足りた気持で眺めている。

沙智の口元を拭《ふ》き終えた実菜がふいにこちらを見て、クスクスと笑った。

「もう、いやだわ。亮介さんまで……」

何のことか判らずにいる亮介は、こちらに近寄る未亡人をきょとん顔で見守るばかりだ。

沙智の口を拭いたタオルを器用に裏返し、実菜は亮介の口元もやさしく拭ってくれた。

「うふふ。小さな子供みたいね」

口の周りをふき取るばかりではなく、頬や鼻の頭まで、丁寧に拭いてくれる。

いくら実菜が亮介よりもお姉さんといっても、三歳ほどしか違わない。にもかかわらず、子供扱いされるのは、彼女が大人っぽいのか、はたまた亮介が子供っぽいのか。いずれにしても、甘酸っぱくも照れくさい思いと、ちょっぴり嬉しい想いが亮介に交差する。

「まあ、亮介さんお耳の掃除、しばらくしていないでしょう。本当に、子供みたい。ほら、こっちにいらして」

いつの間にかその口調も、子供に対するもののようになっている。それだけ、打ち解けたという証拠だろうか。

そんなことを思いながら、しっとりとした手に引かれ、亮介はソファに連れてこられた。

「ちょっと待っていてね」

言われるがままその場に腰掛け、何かを取りに行った優美な後姿を目で追いかける。その様子を、小さな沙智がクスクスと笑いながら見ている。

戻ってきた実菜の手には、細い竹でできた耳かきがあった。

「実菜さん？」

隣に腰を降ろした実菜は、にこやかに微笑みながらぽんぽんと膝を叩いた。ここに頭を載せろということだろう。

「えーっ、い、いいっすよ……。自分でやりますから」

さすがに膝枕をしてもらえる嬉しさよりも、照れくささの方が勝ってしまう。しかも、娘の沙智が見ている目の前なのだ。

「だめよ。ほら、早く！」

「そうそう。クマさん。お耳の中はきれいにしないと……」

いつも母親から諭《さと》されているのであろうことを、ニコニコしながら沙智が言ってくる。そのしたり顔が、やけに可愛らしい。

「そうよ。看護師さんなのだから衛生的にしていないと……。さあ、遠慮せずに」

頭をやわらかい掌に捕まえられ、むっちりとした太ももへと誘われた。

オフホワイトのタイトスカートに頰を載せると、裾から零れ出ている膝小僧が目と鼻の先にきた。二色のベージュによって編みこまれた格子柄のストッキングに包まれているが、これだけ接近してしまうと隠された皮膚がうっすら透けて見える。

（うおっ！　実菜さんの太もも、やらか……。いや、だめだ。さっちゃんの前なのだから、ラッキーエロにもいやらしい貌をしちゃいけないんだ……）

邪心を追い出そうとするのだが、あまりに魅力的な太ももについ心がざわつく。

フェザータッチでくすぐられるように耳を掃除されるのもたまらなかった。

「大丈夫かしら、痛くない？」

シルキーな優しい声が、心地よく耳元で響く。

「き、気持ちいいっす。美味しい料理をごちそうになった上に、こんなことまでしてもらえるなんて最高っす！」

幼い沙智が傍にいるにもかかわらず、こんなことをしてくれるのは、自分に気を許してくれている証拠であり、さらにはやはり子供扱いされている証《あかし》でもある。

そんな未亡人を裏切る真似はできない。けれどやはり、頬に伝わる太ももの感触は何よりも素晴らしく、亮介を夢見心地にしてやまない。

心地よく頭を受け止めてくれる極上の風合い。むちむちとした肉付きとその弾力。スカートとストッキングに隔てられているにもかかわらず、じんわりと体温が伝わって、たまらない気持ちにさせられる。頬ずりしたくなるのを、我慢するのに相当の忍耐がいった。

「あん、じっとしていて。動くと危ないから……」

ざわつく心身を少しでも鎮めようと身じろぎするのだが、それを実菜に咎められてしまう。それどころか、耳の中をよく見ようと身体を屈める未亡人の胸のふくらみが、大胆にも後頭部に当たった。

（うほっ！　お、おっぱいがっ!!　実菜さんは着やせするタイプか。こんなに大きいんだ）

まるで水枕をふにゅんとあてられたようで、その艶めいた感触に一気に下半身へと血液がなだれ込んだ。

さらには、セミロングのベージュ系に染められた髪に、鼻先をくすぐられている。実菜の繊細な髪は上質の化粧筆にも似て、ただただ亮介をうっとりさせるばかりだ。

（清潔な石鹸の匂いだ……。ダージリンの穏やかな香りと、大人らしいムスクの香りかあ……）

どこで教わったわけではないが、いささか鼻の良さには自信がある。これまでに出会ったことのないようなセレブリティな芳香に、頭の芯がジンジンと痺れはじめた。

（いかん。いかんぞ。絶対に実菜さんに失礼があってはいかんのだ！）

無邪気に様子を眺めている沙智のことも気になって仕方がない。

それでいて凄まじい魅力に負け、何気ない風を装い、掌を鉤状《かぎじょう》にして、まあるい膝小僧に当ててしまった。

一瞬ピクンと、膝が反応したように思えたが、結局そのままにさせてくれた。

「ほーら、奥の方がこんなに汚れていたわ……」

耳かきをティッシュで拭いながら、実菜が沙智を目線で窺《うかが》った。

「あら、沙智ったらいつの間に……」

クスリと笑う実菜のつぶやきに、亮介も視線を送ると、幼い少女はうつらうつらと椅子の上で舟を漕いでいる。

「あのままでは風邪をひいてしまいます。ベッドに運んであげましょう」

このままでは、いつ実菜に震い付いてしまうか知れない亮介は、半ば強引に体を起こし、沙智をお姫様抱っこする大役を引き受けた。

6

「はい。それじゃあ、さっきの続き。今度は反対側ね」

沙智を子供部屋に運び、そのまま帰ろうとした亮介は、中途半端となった耳かきを理由に、もう少しここに留まることとなった。

できるならば、実菜の太ももの感触の記憶が冷めやらぬうちに家に帰り、それをおかずに自慰に耽《ふけ》りたいところだが、どうやらそうもいきそうにない。第一、あのふとももの感触をなおも味わえるというのだから、断れるはずもなかった。

導かれるまま亮介は、先ほどとは反対に頭を向け、再び実菜の膝枕に甘えた。

「うほぉっ！」

漏れ出しそうになる声を、あわてて喉奥に押しとどめる。

実菜の濃紺のカットソーの中、豊かな乳房が目と鼻の先に来て、しきりにおでこのあたりを掠《かす》めるのだ。

乳臭いような甘ったるい匂いが、鼻腔を艶かしくくすぐる。

たゆとうように重々しく揺れるふくらみを、視線だけで追っているとまたしても下半身に血が集まってくる。

手を伸ばし、貴重な果実を鷲づかみにしたい衝動に駆られた。

（いいや、まずい。実菜さんにそんな痴漢のようなマネを、するわけにはいかない……）

たまらず亮介は巨軀をひねり、心持ち頭を下に向けて、魅惑の乳房から視線をはずした。

「あん、危ないからじっとしていてください」

身じろぎした亮介を甘く詰《なじ》る声が、頭上に響く。

不自然な体勢で身を堅くすると、いつのまにか鼻先が、実菜の下腹部に接近した位置にあると気づいた。

（こ、ここって、実菜さんの……）

わずかな布切れを隔《へだ》てたすぐそこに、未亡人の秘めたる部分があるのだ。

（くーっ！　こんなラッキーエロにそうは巡り会えない!!）

抑えきれぬ欲望に、亮介はなるべく音を立てないようにして、あたりの空気を鼻から吸い込んだ。

ふわりと漂う紅茶ベースのエッセンスに混じり、少し饐《す》えたような匂いが、まるで若い牡を挑発するように押し寄せた。

晩秋の冷たい空気に負けじと、高級マンションは暖房されている。汗かきの亮介ならずともやや汗ばむくらいだから、パンストを穿いた未亡人の股間も蒸れているに違いない。皮下から染み出した熟女の体臭に、汗と分泌物の入り混じった臭気が、純度の高いフェロモンへと化学変化を起こし匂っているのだ。

（ぐおおっ、もしかすると、これは、実菜さんのおま×この匂いか……）

亮介は、生々しい臭気に、かすかな眩暈《めまい》を覚えながら大きく小鼻を膨らませた。

何度か深呼吸を繰り返していると、匂いに酸味が増してくるような気がする。柑橘系の酸味とは明らかに異なる匂い。たとえるならば、動物系の酸味とでも言うべきか。

（けれど、汗の匂いとも微妙に違っているぞ。やはり、この匂いは……）

男の血液を瞬時に沸騰《ふっとう》させる愛液の匂いと気づき、亮介は信じられぬ思いがした。

（まさか……？　いや、そんなはずはないか。実菜さんが、おま×こを濡らしているなんて……）

けれど、確かにそれは、紛れもなく愛液の匂いに相違ない。亮介は、あたりの空気がピンク色に霞む錯覚に囚われた。

なぜ実菜が愛液を滴らせているのかなど、知る由《よし》もない。事実かどうか確かめる術《すべ》もない。けれど、確かに匂いは、おんなの昂《たか》ぶりを知らせるその汁のものである。

亮介は興奮を抑えきれず、目前のスカートの中身を脳裏に浮かべながら生の牝臭を、再び大きく吸い込んだ。

「もう、亮介さんったら、女性の匂いを嗅ぐなんてマナー違反！　そんな悪い人にはこうしちゃいますわ」

突然、亮介の節操のないこわばりを実菜の手指がむぎゅりと揉んだ。

「えっ……うおっ、おおっ！」

いつの間にか、実菜が顔を覗き込んでいる。限りないやさしさをたたえていた表情には、隠しきれない色香が濃厚に漂っていた。

頬ばかりか目元まで色っぽく紅潮させ、ふっくらした唇もグミのように赤く染めている。

「ここをこんなにさせているのですもの……。未亡人のわたしには毒だわ……」

夫を亡くし空閨《くうけい》をかこって抑圧されてきた肉欲が、若牡のあからさまな反応に接したことで一気に噴き出したのであろうか。テントを張った亮介の股間部をやわらかく揉みほぐしてくるのだ。

「ぐふううっ、み、実菜さん……」

夢のような展開に、亮介は目を白黒させながらも、送り込まれる悦びを拒《こば》めずにいる。

「そ、そうよね。こんなふしだらな真似。未亡人の身でいけませんよね……」

実菜としては、相当に思い切った行動であったのだろう。亮介の表情と声を苦しげなものと勘違いしたのか、ほっそりした手指の動きが止まった。けれど、なおも逡巡するようにテントを握りしめたままその場を離れようとしない。

「あ、あのですね。お、俺、うれしいっす。実菜さんのような美しい人に、ここを触ってもらえるなんて……。俺のち×ぽなんか図体の割に人並みですし、それでも、もし実菜さんさえよければ……」

未亡人の膝枕の上で、求愛する自分をもっての他と思いつつ、一縷《いちる》の望みに想いを託し、亮介は思いのたけをぶつけた。

「俺、頭よりも体力勝負の方だから……。なぜ急に、実菜さんがこんなことをしてくれるのか判らないけど……。でも、実菜さんとなら、むしろ俺からお願いしたいくらいで……。途方もなくきれいだし、色っぽいし……」

熱っぽく実菜の双眸を見上げながら、必死で亮介は言葉を紡いだ。けれど、それは決してお世辞ややりたいばかりの求愛ではない。たとえ、子持ちの未亡人であっても、亮介と三歳ほどしか違わない彼女は、十分以上に恋愛対象になりうる。

実際、嫌われていないからこそ、食事に招いてもくれたのだろうと、少しばかりうぬぼれながら、なおも熱視線を実菜に送った。

「亮介さん……」

中断されていた手指のふしだらな動きが、ほだされたように再開された。

「あの、一緒にお風呂でもいかがかしら？」

「えっ？」

聞き違いかと、つい聞き返してしまった。

「亮介さんを洗ってあげます。私も、身体の匂いが気になりますし……」

成り行きに戸惑いながらも、手を引かれた亮介はソファから身を起こし、バスルームの脱衣室へと導かれた。

「お湯のスイッチを入れて……。はい、新しいタオルはここですから。それと、バスタオルはこれを……。先に入っていてください。私もすぐに用意しますから……。それとも、脱ぐのを手伝って欲しいかしら？」

「えっ、あっ、いや……。じ、自分でやります」

狼狽する亮介の鼻先で、脱衣室のドアがパタンと閉まり、実菜は用意のために行ってしまった。

（み、実菜さんと一緒にお風呂に入れる？）

半信半疑のまま、着ているものをそそくさと脱ぎ捨てバスルームに入る。

高級マンションのバスルームらしく、大人二人が入れそうなスペースは確保されている。

もっとも、図体の無駄にデカい亮介と一緒では、楽々とは言えそうにないが。

目についたプラスチック製の椅子に腰をかけていると、脱衣室に実菜が戻ってきた。

（うおっ！　み、実菜さんが、脱いでいる？）

すりガラスの向こうの気配に、亮介はごくりと生唾を飲んだ。一緒にお風呂に入ろうというのだから当然だが、現実に美しい未亡人が服を脱いでいる。

頭の芯がカアッと熱くなった。

眠っている沙智が万が一目覚めても、お風呂であれば、二人とも裸であるごまかしが利《き》く。実菜がそこまで考えているかは判らないが、未亡人のあられもない姿を拝めるだけでも最高のしあわせだ。

(実菜さんの裸が見られる!!　う、麗しの実菜さんの裸が……)

その思いばかりが頭の中でリフレインして、いてもたってもいられなかった。

すりガラス越しでも、実菜が洋服を脱いでいく様子が窺い知れる。

永遠とも思える時間の狭間で、優美な所作が、身につけているものをはずしていく。

やがて、ドアに肌色の陰が向き直り、ゆっくりと開かれた。

「うわああ、み、実菜さん……」

亮介が、驚きと感動の声をあげたのは当然だ。

大胆にも未亡人は、タオル一枚纏うことなく、その麗しのボディを晒しているのだった。

「お待たせしました。寒くありませんでしたか？　本当にごめんなさい」

セミロングの髪がアップにまとめられ、細《ほ》っそりとした白い首筋が露《あら》わになっている。実菜は思っていた以上に着やせするタイプであったらしく、驚くほど均整の取れたプロポーションをしていた。

丸く容《かたち》の良い豊かな乳房。とても子供を産んだとは思えないキュッと引きしまったくびれ。さらに熟れた女性特有の左右に大きく張り出した腰つき。むっちりした太ももからしなやかに伸びた脚まで、見事なまでの曲線美が、ボン、キュ、ボンと優美に流れていた。

「あん。そんなに熱っぽく見ないでください。恥ずかしくなります……。誤解しないでくださいね。こんなふうに男の人とお風呂に入るのは、久しぶりですから」

ツヤツヤと頬を紅潮させて恥じらう彼女は、途方もなく官能美に満ち溢れている。

これまでも実菜を色っぽい女性と認識していたが、それでも未亡人としての矜持《きょうじ》からか、女盛りの色香を抑えさせていたらしい。けれど、それが一度解放されると、実菜の艶めかしさはそれこそ際限がなく、内面から光り輝く様なのだ。

(すごいっ！　こんなに色っぽい人、見たことないぞ!!)

興奮のあまり肉棒が急速に堅くなる。あわてて亮介は彼女に背を向けざるを得なかった。

「さあ、亮介さんっ。頭から洗いましょうか……」

実菜のやわらかい声が、バスルームに響いた。

何かを答える暇もなく、頭からシャワーが注がれる。

「えっ？　うあっ……」

振りかけられたシャンプーからは、実菜の髪と同じ匂いがした。

丁寧に髪を洗ってくれたあと、未亡人はスポンジにボディソープをつけ、たっぷりと泡立てている。今度は、体を洗ってくれるつもりのようだ。

もしかするとこれが、実菜にとっての男と愛を交わす前の儀式なのかもしれない。

「実菜さん。俺、自分でやります」

「いいのです。亮介さんを洗ってあげたいのです……。だから、やらせて……」

相変わらず彼女に背中を向けているものの、目の前の鏡には実菜の姿が映っている。甲斐甲斐しくも大人の媚を漂わせた眼差しが鏡越しに送られると、またしても亮介は幼子に戻り素直に頷くしかなかった。

「やっぱり、広い背中……。最近は沙智の小さな背中しか洗っていなかったから……」

スポンジを背中にあてがわれると、温かいお湯がジュワッと溢れ出た。背筋からお尻にかけて伝い落ちる泡水に、くすぐったくもゾクゾクする。

「ああ、気持ちいい……」

まさしく極楽の心地よさに、ため息のような声を漏らした。もちろん、美しい未亡人が洗ってくれるのだから、その気持ちよさは二〇〇％増しだ。

広い背中を丁寧にスポンジが滑り終え、今度は実菜が亮介の正面へと回り込み、甲斐甲斐しく腕やお腹のあたりを擦っていく。

実菜の小さな頭がすぐ目の前に来て、鼻先をくすぐられる。小さく丸く窪んだ白い腋窩がとにかく色っぽい。白い胸元がぷるんぷるんと揺れるのが、いかにもやわらかそうだ。

「あ、あの、実菜さん……。今度は俺が洗ってあげたいです」

「まあ、亮介さんったら……。それは私の裸に興味を持ってくれているということですよね？」

その問いかけに、これほどまでに色っぽい実菜でも、自らに自信を持てていないのだと気がついた。

「そりゃあもう、こうなったら正直ぶっちゃけちゃいますね。俺、実菜さんの素肌に触りたいっす！」

童貞少年の頃に戻ったかのような気恥ずかしさを押しのけ、未亡人に懇願した。

「子持ちの未亡人に、出し惜しみするほどの価値はありません。じゃあ、亮介さんに、こんどは私を洗って頂こうかしら……」

平静を装う実菜ではあるが、やはり羞恥の色が全身から滲んでいる。そこがまた、亮介の男心をいたくくすぐるのだ。

「いいんすね？　俺、洗うのはもちろん。触っちゃいますよ」

一緒にお風呂に入る提案をした時から、実菜はそれと覚悟をしているはずだ。けれど、いざとなるとやはり、ソワソワしはじめ、視線も逸《そ》らし気味になる。

伏せられた長い睫毛が、心もち震えているのが判る。

それでもなお、亮介に応えようと小さく頭を縦に振る健気《けなげ》な未亡人に、否が応でも愛情が込み上げた。

「ねえ。洗ってくれるのですよね……。お、お願い……」

ボディソープを振りかけ泡立てたスポンジを、おずおずと亮介に差し出してくる。

「こ、これじゃなくて、俺の舌で実菜さんのおま×こを清めたいっす！」

これまで大胆な振舞いを見せてくれた実菜であれば、あるいは許してくれるかもと、さらに思い切った要求を突き付けたのだ。

「えっ？　し、舌でなんて、そんなこと……。第一、私のあそこ、もう濡れていますし」

「だからこそです。実菜さんの濡れま×こ、俺の舌で洗わせてください！」

目元まで赤くして逡巡している未亡人に、亮介はずいと身を乗り出して懇願した。

7

「ど、どうすれば、いいのですか？」

困ったような表情で、それでもどうすべきかを尋ねてくれる実菜に、亮介は狂喜乱舞してバスタブのヘリを指差した。

「そこ。そこに、お尻を載せてお股を開いてください！」

喜色満面の亮介に、弱々しく小顔を左右に振りながらも、実菜は従順に従ってくれた。

婀娜っぽく左右に張り出した肉尻をバスタブのヘリに載せ、カモシカの様な美脚をまっすぐにのばしたままですっと開くのだった。

「ああっ……。こんな真似、やっぱり恥ずかしい……」

亮介が掌をやわらかな太ももにあてがっただけで、悩ましい吐息が洩れた。

「ご、ごめんなさい。私、肌が敏感になっているみたい……。あさましいわね」

「そんなことありません。敏感になっているってことは、感じやすいってことっすよね。それって、最高っす！」

かつて娘を宿したはずのお腹は美しく引き締まり、大きく上下している。

その下のふっくらした恥丘は、漆黒の繊毛で覆われている。美しい生え際《ぎわ》の様子から、手入れされたばかりと判った。

「こんなところまで、お手入れが行き届いていて。本当に実菜さんは上品なんすね」

「あ、あん、そ、そこのお手入れは、身だしなみです」

淡い茂みを指先で弄ぶと、ハッとしたかのようにお尻がくっと引かれる。

繊毛が、指先に絡め取られしゃりしゃりと奏でられる。毛に守られた皮膚が、わずかにそよぐ感覚が、もどかしいむず痒さとなって未亡人にも届くはずだ。

「あ、んんっ。ついに触られてしまったのね。亮介さんに……」

「触ったといっても、まだ太ももと陰毛だけっす。これからたっぷりと他のところも触らせてもらいますから……」

宣言通り亮介は、左手でたっぷりと太ももを撫で上げながら、その右手を繊毛からさらに下方へと移動させた。

「あん、いやな亮介さん、すけべな目をしています……」

ふるふると頭を左右に振り、恥じらう未亡人。それでいて、太ももをさらに逆Ｖの字にくつろげてくれる。その美脚を両肩に担ぐようにして、亮介が顔を近づけると、びくんと細腰が震えた。一番恥ずかしい局部を間近に覗かれるのだから無理もない。

それでも白い太ももは、閉じようとしない。代わりにぎゅっと閉じられたのは、その三日月形の色っぽい眼だった。

「これが、実菜さんの……」

亮介はカラカラになった喉に、ごくりと生唾を押し流した。

ぼんやりとしたバスルームの照明にも、未亡人の女陰が鮮やかなピンク色をしていると知れる。ちろりと舌を出すように、小さくはみだした肉花びらが、視姦される緊張からか、ひくひくと蠢いている。

(ウソだろう……。さっちゃんがここから生まれてきたなんて……。こんなに新鮮な肉色のおま×こから……)

儚《はかな》くもあり、神々しいとまで思える女陰に、亮介は息も忘れて見入るばかりだ。

「ぬ、濡れているのは、やっぱお湯じゃないっすよね……。恥ずかしいお汁で、ぐしょぐしょなんすよね？」

実菜が自ら認めていた通り、透明な愛蜜が淫裂といい花びらといいヴァギナ全体を濡らしている。しかも、そこからは、どんな男も誑《たぶら》かす強烈なフェロモンが放たれているのだ。成熟したおんなだけが漂わす魔性の如き臭気に、亮介は目を瞬《また》かせながら恐る恐るその源泉に手を伸ばした。

「あふん、う、っくぅ……」

お尻の谷間がきゅっとすぼめられ、あえかに開かれていた肉の帳《とばり》がむぎゅりと閉じられる。それに従い内奥から、さらに淫蜜が絞り出されるように滴った。

「ああ、亮介さんの意地悪っ……」

三日月形の瞳が詰るように睨みつけてくる。それでいて、その肉体は抗うどころか身じろぎ一つせずにいる。

「すみません。でも、いきなり舌で洗われるより、触られたほうがいいかなって」

我ながらよく判らない言い訳をしながらも、決して女陰から手指を遠ざけようとしない。

すると、紅潮した頬は、見て見ぬふりをするように天井へと向けられた。それを了解と受け取った亮介は、あてがった掌をいよいよ忙しくくちゅくちゅと女陰に擦りつけた。

「はううっ、くふう……う、ううん……」

シルキーヴォイスが艶めかしくトーンを上げる。首が座らぬ子供のように小さな頭が、かくんかくんと前後した。

「実菜さん。す、すごいっす！　次から次に滴ってきます……」

貞淑に見えた未亡人は、思いのほか多汁体質であるらしく、驚くほど蜜液を滴らせる。

「あ、あん、だ、だって、りっ、亮介さんの……て、手が……あうううぅっ！」

指を反らせた掌底で、女陰を擦る。体に似合わず繊細な手つきで、未亡人の官能を追うのだ。それは、肉びらをティッシュに見立て、くしゅくしゅと丸めるようなものだった。

「あ、あうぅぅ、だ、だめです、ああん、りょ、亮介さん、上手ぅっ……」

膝をガクガクさせ、亮介の肩を必死で捕まえている。襲い掛かる快感に、力が入らないのだろう。未亡人はバスタブのへりの上、不安定に揺れだした。

「さあ、それでは溢れた蜜を舐めさせてもらいますね……」

白い太ももの滑らかな柔肉が頬にあたるのも構わず、亮介は股間に顔を近づけた。

間近になった未亡人の女性器は、新鮮な肉襞が幾重《いくえ》にもピンクに重なっている。

「ああん、本当に亮介さんに舐められてしまうのですね……あう、くふううぅっ！」

べーっと伸ばした舌で、濡れ粘膜をずりずりずりっと下から上に舐めあげた。途端に細身が捩れ、腰がくね踊り、絶え間なく嗚咽《おえつ》が漏れた。

もぐもぐと口腔を蠢かし、れろれろと舌先を彷徨《さまよ》わせる。

「くふう、お、美味しい！　実菜さんのおま×こ……ぢゅるるるぢゅ……塩《しょ》っぱいけど……ぢゅちゅぱぱぱ……ほんのりと甘みがあります……」

舌先にそよぐ花びらをたっぷりと舐めすすぎ、粘膜の分泌物を喉奥に流し込む。飲み下した淫蜜が、胃の中で燃え上がり亮介の興奮がいや増した。

「ふひっ、ふうんっ、はあっ……舐められてます……亮介さんに、ううっ、実菜の恥ずかしいところ舐められてますぅ！」

びくん、びくんと震える太ももが、心地よく亮介の頰を擦る。鋭い悦楽に襲われているらしい。

あられもなく乱れゆく未亡人に、亮介は夢中で女陰を舐めしゃぶった。気がつくと熟れたヴァギナは、涎と淫蜜でべとべとになっていた。

「ひううっ、あ、ああ、この感覚、久しぶり……。お、男の人にあそこを舐められているの……ああ、恥ずかしいのに、どうしてこんなに気持ち良いのでしょう……」

「そんなに気持ち良いんすか？　このままイッてしまえそうです？」

完熟ボディにアクメが迫っていることを知った亮介は、このままイカせようと、目の前でひっそりと咲き誇る肉芽に狙いを定めた。

「ふっ、あ、ああっ、そこは……。あはあ、そ、そこ敏感すぎます……。くふぅ、くはうぅ、おうう、おおうっ」

シルキーヴォイスがいっそうオクターブを上げ、細腰がガクガクと痙攣した。同時に、膣内から生臭い本気汁がどっと溢れ、亮介の顔をベトベトにした。

「うおおっ、やはりイキそうなんすね？　かまいませんからこのまま……びちゅちゅっ、ほら、俺の舌で、実菜さんがイク……びゅぴちゅちゅちゅちゅるるっ！」

実菜の手が亮介の頭を抱えた。羞恥に抗うものか、不安定な裸身を支えるつもりかは判らない。亮介としては委細構わず、ひたすら肉芯を舐め転がすのみだ。すると、ピンクのそれはさらに充血を増し、舌先で弾かれるたび右に左に跳ねまわった。

「もうだめ！　実菜、イッちゃう！　亮介さんのお口で、イクぅ〜〜〜っ！」

亮介は、滾々《こんこん》と溢れ出す蜜汁を残らず呑み干そうと、再び恥裂に唇を押し当てた。ツンと刺激臭のするお汁は、まさしく海のようで生命の神秘を感じる。

「ああッ、イクっ！　ダメですっ、ああ、奥から何かが出ちゃいますぅぅ！」

凄絶なイキ顔を晒す未亡人の本気汁を、ここぞとばかりに強引に吸った。

ぢゅるぢゅぶちゅちゅっ、ずびずぶちゅ～っと、淫らな水音と共にのど奥に届く濃潮の飛沫《しぶき》。亮介は、けほけほと噎《む》せながらもその場を離れようとしない。

イキ止まらない実菜が、強張らせた頰を天に晒し、亮介の肩の上の両脚をピンと伸ばした。まさしく女神が昇天したのだ。

後ろに倒れぬように艶やかな太ももを抱えながら、凄まじいイキ様に見惚《みと》れる。未亡人を絶頂に導いた達成感に酔い痴れつつも、ギンギンになっている勃起を埋めたい衝動に、居ても立ってもいられなくなった。

8

「実菜さん、俺、挿入《い》れたい！　繋がりたいっす！　いいっすよね？」

絶頂の余韻にたゆとうている実菜は、三日月型の眼を悩ましく潤ませて頷いてくれた。

「うれしい。寂しかった実菜の空白を埋めてください……」

しなやかな二の腕が、亮介の首筋に絡みついた。

「お願い、キスをください」

実菜がそっと瞼を閉じた。長い睫毛が色っぽくも卑猥《ひわい》に映る。

首を斜めに傾《かし》げ、亮介は顔を近づけた。

自分の唇が愛蜜まみれであることも忘れ、そのまま花びらのような口唇に押しつけた。ふんわりとした弾力に一度距離を置き、またすぐに重ねあう。

ほこほこの乳房が、胸板にむぎゅりと心地よくつぶれている。

「うん……」

上下の唇で未亡人の上唇を挟み、やさしく刺激する。さらに、下唇を同様に弄んでから、半開きにした口腔を真正面から重ね、少し強めに吸いつけた。

舌を求められたことに気づいた実菜が、生温かいその器官をおずおずと差し出してくれる。亮介は夢中で唇を筒状にして、ピンクの舌を貪った。

「んうん……ふぬん……もふううっ……ちゅちゅる……ぶちゅちゅっ……ぬふん」

彼女の背筋を撫でさすり、小刻みに震える場所が性感帯と見定めると、嵩《かさ》にかかって撫で回した。

「実菜さん。もうたまらないっす！」

脳髄が蕩けだしそうなくらいの興奮に、亮介は実菜の白い太ももに手を回し、そのまま抱え上げた。軽い女体を持ち上げ、自らの腰位置に彼女の腰部を運ぶ。抱きかかえたままくるりと体を反転させ、実菜がお尻を付けていた湯船のヘリに自らの腰を下ろし、慎重に勃起で肉孔の位置を探った。

肉感的な女体であっても、体力勝負の亮介には造作もない。浮遊感に身を任せながら、とろんと蕩けた瞳が、うっとりと見つめてくる。どこもかしこも発情色に紅潮させ、熟れ盛りの色気を発散させている。

可憐な女性らしさ、たおやかな母性、品の良い清潔感を匂わせながらも、心の下着まで脱ぎ捨てて妖艶に輝いている。

「挿《い》入れますよ……」

抱え込んだ太ももの位置を微妙にずらし、切っ先を淫裂にあてがった。

痛いほど堅くなった肉竿の上に、ゆっくりと未亡人の体重を落としていく。

「ああっ、挿入《はい》ってきちゃう……本当は、いけないことなのに……この瞬間が……」

久しぶりに侵入を許している罪悪感が、未亡人の肌をゾクッと粟立たせる。野太い傘頭が、女裂のなかにヌルンと埋もれて消えた。

「んっ！　あうぅっ……りょ、亮介さんっ」

首筋に巻きついていた白い腕が、必死にむしゃぶりついてくる。

産道をひろげながら、ぬめった襞をこそいで胎奥を目指し突き進む。

「あああぁあああああああああんっ！」

バスルームに、シルキーな喘ぎがこだました。

腕の力がさらに強まり、容《かたち》の良い乳房がぶにゅんと潰れる。牡塊がめり込む衝撃に、白い歯列を嚙みならし、開帳した太ももをぶるると震わせている。落ちてきた前髪をべったりと額に張りつけ、眉根を寄せる苦悶の表情が、さらに亮介の情動を煽った。

「お、おぉん……ふ、太いっ……ああ、あそこをこじ開けられているみたい……」

かろうじて切っ先が、女陰に呑みこまれたあたりで、実菜が大きく吐息をついた。

「違います。実菜さんのおま×こが狭すぎるんだ……。すごい締まりで……ぐふううっ！」

しばらく男を迎え入れていなかった膣管は相当に狭くなっていて、人並みサイズの亮介の分身でも四苦八苦している。

「痛いっすか？　苦しそうっすね。でも、もう少し、ほら、先っちょが埋まりましたから」

ここまで来て中断もできない亮介は、目を白黒させながら孔揉みするように腰を練り、窄まった膣肉をくつろげさせていく。

「大丈夫です。久しぶり過ぎて、おま×こが驚いているだけ……。このまま続けてくれれば、きっと馴染みますから……。実菜だって、もっと亮介さんを感じたいの……」

再び赤い花びらのような唇から、ふーっと息が吐かれていく。引き締まったお腹が緩むと同時に、きつきつの膣肉もその柔軟さを取り戻した。

ここぞとばかりに亮介は、返しの利いたエラ首を肉襞に噛ませ、媚肉の奥を目指した。細腰を支える腕から少しずつ力を抜くと、自然と女陰がズブズブッと咥え込んでくれる。

「ホッカホカに温《あった》かいんすね。ねっとりとやらかくて、蕩けちゃいそう！」

くつろげられた肉襞は、アクメを迎えて間もないせいか、奥へと誘い込むように蠢いている。十分な潤みも手伝い、狭隘な女管を切り拓《ひら》くのは意外にスムーズだった。

「つく、うふぅぅ、はふうう、あ、ああ……っ」

息も絶え絶えの喘ぎが、徐々に鼻にかかったものに変化して、いつしか甘いニュアンスを載せている。

「ぐふうううううっ」

未亡人同様に、亮介の挿入快感もかなりなものだった。

濃厚な葛湯《くずゆ》に性器を突っ込むようで、亮介の敏感な部分が否応なく擦れまくる。

「ぜ、全部挿入《はい》ったのですね。ああっ、男の人の熱いもので……あそこを灼かれる感覚……。くふう、熱すぎて亮介さんの容《かたち》を覚え込んでしまいそう……」

亮介は両手で、ふたたび実菜の胴を抱きすくめた。みっちりと根元まで挿入し、熟れた女の尻たぶに下腹を押しつける。

「覚えてください。俺のち×ぽに染まって欲しい……。実菜さん、俺、俺……」

押し寄せる激情に、どんどん余裕を失っている。

生温かく押し包まれ、ほどよく締め付けられ、しかも微妙に蠢めく名器に、むしろ亮介の方が覚え込まされている感覚だ。

「実菜さんのおま×こ、ものすごく具合が良いっす！　実菜さんの味を忘れられなくなりそう！　こうして膣内《なか》に挿入《い》れているだけで、出ちゃいそうっす!!」

褒められたのが嬉しいとばかりに、首筋に回された腕に再び力が込められた。ゼロ距離で密着している肉体が、さらにべったりと一つとなった。

「ああ、こうしているとしあわせ……。時間が止まっていくみたい……」

亮介は右手で細腰を支えながら、左手で未亡人の背中を摩《さす》った。同じ思いであることを伝えると同時に、背筋の性感をあやすのだ。

フェザータッチをくれるだけで、びくんと反応を示すほど肌を敏感にさせている。

「んふっ、くふん、はうんっ、んぁ、あ、ああ……っ」

合一感が多幸感を生み、悦びがぐんぐん昇華される。実菜にも小さな絶頂の波が幾たびか訪れているようで、肉のあちこちが艶めかしく震えている。

「あうっ……くふんっ……ンッ……ああ、どうしよう……実菜イッてる……あん、なんてふしだらな身体なのかしら……。あぁ、でも、ダメ、何度もイッちゃう……。SEXがこんなに素敵なものだったなんて……」

穏やかに肌を交わすだけで、互いの存在を感じあう。時折、切なくなった勃起で、牝陰をこねまわすと彼女も堪《たま》らないと細腰をくねらせる。

肉という肉がぐずぐずに蕩けていくようで、心地いいこと極まりない。

「ふぅん、ああ、いい……はぅ、つく……み、実菜、恥ずかしいくらいイッてます」

肉感的な女体が、ひくひくと艶やかに痙攣した。さらに、エンストのようなぎくしゃくした動きと、派手な引き攣《つ》れが続く。

「おあ、あぁっ、イッ……くぅ〜〜っ……」

小水を漏らした童女のようにぶるぶるぶるっと背筋を震わせると、その余波のように柔襞が蠢いた。じっとりと瞳を潤ませ、女体の隅々《すみずみ》に広がる喜悦の波を味わいつくす未亡人。

扇情的に唇をわななかせ、細眉をくの字に曲げた悩ましいイキ顔。上品な美貌がよがり崩れると、ひどく卑猥に映る。そのエロ貌にも触発された亮介は、やるせなさに懊悩《おうのう》した。少しでも実菜に負担をかけぬよう自重していたものの、そろそろ限界が来たらしい。

「実菜さん！」

激情に心を震わせてその名を呼ぶと、細腰をぐいっと引きつけた。

「ねえ、動かして……。もっと実菜を狂わせて……。亮介さんにも気持ちよくなって欲しいっ……。一緒に亮介さんも……」

紅潮した艶顔で、かわいいセリフを吐く未亡人。その健気さに、頭の中で閃光が爆《は》ぜた。愛しさが溢れ過ぎ、一足先に脳が射精したのだ。

「ああ、お願い、早く……。でないと実菜、挿入《い》れられているだけで、また昇り詰めてしまいそうです……」

男のとろみと脈動を子宮に浴びせられ、じわじわと高揚させられてしまうのだろう。じっとしているのが苦しくなっていた亮介は、ついに腰を揺らめかせた。

「動かしますよ。でも、少しだけにします。すぐに射精《だ》してしまいそうで……」

看護師としては、実菜にリスクを負わせる中出しは避けなければならない。

「いいのですよ。実菜の膣内《なか》に射精《だ》して……。亮介さんの精子を浴びせてください」

未亡人の許しに感じ入りながら、抜き差しを繰り出す。深みから浅瀬まで、満遍《まんべん》なく媚肉を擦りたてようと心がけた。

「くふうぅ……ああ、擦れる……。ああ、この感覚、久しぶりです……」

亮介の胸板に美貌を押し付け、繰りだすピストンを受けとめてくれる。数年ぶりに膣壺を掻き混ぜられ、女盛りの肉体が歓喜にわななないた。

「ぐふううっ……とろとろの、実菜さんのおま×こ。動かすとよけいにまとわりついてきます」

絹肌の抱き心地に未練を残しながら、くびれた腰を両手で掴み、前後に揺するようにして抽送を重ねる。

殊更に際立ったエラ部分で、未亡人が悶え狂う急所を擦りあげる。

「あうっ、あ、そ、そこ、感じちゃう！　ねえっ、当たっていますっ……」

急所からはずれぬよう、やさしく捏ねているにもかかわらず、十分な手ごたえを感じる。

秘めていた淫らさを解放させた経産婦が、裸身を汗にぬめらせ悶えくねる。

「実菜さん、すごいっす……めちゃくちゃに感じまくってますね……。いやらしい実菜さんも、超きれいっす！」

身も世もなくよがり狂いはじめた実菜。奔放なイキ様は、けれど途方もなく美しい。

「ああ、恥ずかしい。でも、我慢できません……。ふしだらな実菜を許してくださいっ！」

凄まじくも恥じらい深くイキまくる未亡人の嬌態に、たまらず亮介も自らの快感を追いたくなった。

「実菜さん。そのお尻も突きまわしたいっす！」

Gスポットに浅く擦らせていた肉塊を未亡人ごと持ち上げるように抜き取り、その豊麗《ほうれい》な女体をくるりと一回転させた。

「ああんっ、亮介さん……実菜の膣内《なか》に早くっ……」

バスルームの壁に両手を着いた未亡人は、その声を甘く掠れさせ、悩ましいおねだりをしてくれる。

矢も楯もたまらず、亮介はコチコチの勃起肉を神秘の肉割れにあてがった。

練り上げられ白濁した愛液がたっぷりとまぶされている肉竿を、ぬかるむ女陰にずぶんと戻すと、根元まで一気に押し込む。

「ふうぅぅん！」

すっかり亮介の分身を覚え込まされたヴァギナだけに、二度目の挿入はスムーズだった。

まろやかな尻朶《しりたぶ》に付け根を密着させ、そのやわらかさを押し潰す勢いで擦りつけると、甘い性電流がざわざわと背筋を這い上る。

「ぐふうう。なんて滑らかな肌……。実菜さんの背中、シルクみたいっす！」

未亡人の背に頬擦りして、亮介は恍惚に浸る。ズキンズキンと血潮をみなぎらせる肉塊をさらに太く硬くさせていく。

胎内に埋め込んだ傘頭をひくつかせ、しきりに透明汁を噴きこぼした。

「はううううっ！　さっきと違う……。獣のような体位も気持ちいいです……」

ぐぢゅちゅぷん、ぶぶちゅ、ぬぷちゅん――と卑猥な水音が立つのは、もはや亮介の抽送ばかりではない。熟尻もいやらしい練り腰で蠢いている。しかも、膣内では、快楽を搾り取るように、肉襞をヌチュヌチュとそよがせるのだ。

「実菜さんの腰つき、すごく淫らっす！　クネるたびにおま×こが蠢動《ぜんどう》して……ぐふううっ……ほら、今度は締めつけて！」

「あく、くふうっ……。もう、じっとなどしていられません……。淫らでも、恥ずかしくてもいいの……。だって、気持ちいいの諦めたくないのですっ！」

はしたない腰使いを自覚していても、ジンジンと苛むような快感に耐えかねて、動かしてしまうのだろう。

「実菜さん、俺もっす。超気持ちいいっ!!」

たまらず亮介は前屈して、白いうなじに吸いついた。首筋から耳朶を愛しげにしゃぶる。束ねられた繊細な髪に、鼻や頬をやわらかくくすぐられた。

腕を女体の前に回し、紡錘形に垂れ下がった乳房をすくい取り、二度三度と揉み絞る。

熟した果実を根元から搾るような手つきで、乳首の先までしごいてやる。皮下の遊離脂肪が乳頭にまで移動して、いびつに変形するのが手応えで判った。

「おお、おっぱいのハリが増してくる……。乳首もコリコリっす！」

勃起乳首をつまみ取り、こよりを結ぶように、くりくりと回してあやす。

「あぁ、ダメです……こんなに乳首が敏感になってるのに……あ、ああん、そんなに擦らないでください。だめ、だめ、だめ、乳首でイッちゃうっ！」

切羽詰まった艶声が、何度目かのアクメを告げた。

樹脂製の壁についた手から力が抜け落ち、ぐぐっと上体が沈んでいく。その分だけ、お尻を後方に突きだす格好になり、緊結の度合いが一段と増した。

「うおお！　俺もダメっす。実菜さん。もう、射精《で》そう！」

包まれた根元が、むぎゅりと膣口に締め付けられる快感に、やるせない射精衝動がざわついた。

「ください。亮介さんの精子、実菜の膣内《なか》にくださいぃ……っ！」

「いいんすね。ありがとう。実菜さん！　射精《だ》しますよ。全部!!」

亮介は、未亡人の双尻に両手をあてがい、ぐいっと引きつけた。できうる限り深くまで埋め込んで発射したい。子宮に子種を浴びせたい本能が、亮介の看護師としての理性を失わせた。

「ふひぃ、ほううううぅ〜〜〜っ！」

シルキーヴォイスが、甲高く啼いた。

奥を抉られ、強烈な淫波に苛まれて、またしても絶頂を迎えたらしい。

未亡人を蹂躙《じゅうりん》する加虐的歓びに獣欲が満たされていく。そのままの勢いで、ぢゅぶぶぶっと引き抜くと、その喪失感に「あひぃっ」と悩ましい淫声が上がった。

「実菜、おかしくなりそうですぅ……ああ、でも気持ちいぃ……もう、壊れても構わないから、いっぱい浴びせてくださいっ！」

痩身が、くねくねとのたうつように身悶える。これがあの未亡人かと見紛うまでに乱れるのだ。

凄まじい痴態に見惚れながら、亮介は立て続けに律動を見舞った。

「くふん……お、奥に擦れる……ああ、イクっ!! おおぅっ……お、おおんっ!!」

ぎゅうんと白い背筋が反りかえり、膣肉が勃起肉をむぎゅぎゅーっと締めつける。

奔放にイキ乱れる実菜に陶酔しきった亮介は、懸命に腰を前後させた。激しい摩擦に肉塊に火が付き、もはや爆発寸前だ。

「もう射精《で》るっ!!」

やわらかな尻朶への直線的な打ち込みが、パンパンパンとバスルームに鳴り響く。

「あうぅっ、はっあぁん。実菜もイク、お、大きいのがっ! イッ……くぅ〜〜っ!!」

白い背筋が浮き上がり、頤《おとがい》が天を向いた。亮介もくびきを緩め、全ての欲望を解き放つ。瞬間、凄まじい快感が、ずごごごぅっと背筋を駆け抜けた。

精液が尿道を遡《さかのぼ》り、発射口に向かって殺到する。

「おおおっ、射精《で》るっ……射精《で》るううう〜〜ぅっ!」

ずぶんと付け根まで打ち込み、腰の動きをピタリと止めて息みかえる。膨れた肉傘が、ぶばっとつぶてを射出させた。

「はうううううううう～～～ぅっ！」

灼熱の精液が子宮壁に付着すると、未亡人の女体はぶるるるるっと痙攣した。

豊麗な裸身にたっぷりと汗を滲ませ、ついに力尽きた実菜は、萎《しお》れた青菜のようにくたくたと、そのままバスルームの床に両膝を着きそうになった。

亮介は、あわててその細腰を支え、なおもドクドクと子宮に多量の精子を放出する。

こぽっと白濁が膣口から溢れだしたころ、ようやく亮介は肉塊を抜き取り、女体のその向きを変えさせて、バスルームの床にお尻を着地させた。

女陰からはだらだらと愛液と精液の混じった白濁を溢れさせ、快楽の余韻を嚙みしめている。

そんな実菜がたまらなく愛しく、髪の生え際をうっとりと親指の腹でなぞった。

第四章　お姉さんナースはイキ乱れて

1

「あうう、ふ、あ、ああっ！」

実菜の背後から忍び寄った亮介は、おもむろにエプロンと素肌の間に手指を滑り込ませ、ねっとりと揉みしだいた。

「実菜さ〜ん」

やさしく耳元で囁き、そのまま耳朶を舐めしゃぶる。

「はあああああっ！」

結局、昨夜は彼女のマンションに泊まり、ほぼ一晩中未亡人と愛しあった。

娘に気づかれぬよう、声を押し殺して身悶える実菜は、まさしく悩殺的だった。

明け方にようやく寝付いた亮介をベッドに残し、母親の顔に戻った実菜は、そそくさと娘を学校に送り出している。

「さっちゃんは、学校っすか？　俺が夕べ泊まったことには、気づかなかったみたいっすね……」

亮介の今日の勤務シフトは夜勤であるため、午前中は十分な時間がある。普段であればまだ寝ている時間だが、実菜と沙智の気配が気になり起きだしたのだ。

「いま朝食の用意をしますね。その間に、顔を洗ってらして……」

姉《あね》さん女房よろしく、キッチンに向かう実菜に、亮介はそれならばとばかりに、裸にエプロンとベタなリクエストをしたのだ。

「もう、亮介さんのエッチ……」

我ながら調子に乗り過ぎていると思わぬでもないが、頰を染めた未亡人のまんざらでもない表情にＯＫを読み取った。

「じゃあ、顔を洗ってきますから、その間にお願いします」

素知らぬ顔でサニタリーに向かった。昨夜のバスルームと隣接しているから、勝手知ったるなんとかだ。

逸《はや》る気持ちを抑え、多少焦らすつもりで、ゆっくりと顔を洗いダイニングに戻ると、実菜は花柄のエプロン姿。それも下に何も身に着けずに甲斐甲斐しく朝食の支度をしていた。

(うほっ！　きれいな背中……。やっぱりお尻も美味しそう!!)

調理台の前で、料理をする未亡人の後姿は、何とも言えず艶めかしい。背筋からヒップラインにかけてが丸出しなのだから無理もない。

それでも亮介は、すぐに襲い掛からず、じっくりとその姿を視姦した。

(実菜さん、あれで出産してるなんて……。お肌はあんなに艶々だし、お尻だって垂れていないし……。おっぱいだって、さっちゃんに吸わせていたなんて思えなかったな……)

そんないやらしい視線を実菜は感じているのだろう。時折、不自然に、お尻が左右に揺れるのだ。いつエッチな悪戯を仕掛けてくるかと待ちわびて未亡人は、欲情に疼く女陰を太ももどうし擦りあわせて鎮《しず》めている。

「ああん、もう亮介さんの意地悪ぅっ、実菜にこんな恰好をさせて放って置くつもりなのですか？」

ついに焦《じ》れた実菜が、熟れた女体をくねらせ亮介の方を向いて抗議した。

「だって、実菜さんの裸エプロン姿、しっかり脳裏に焼き付けておきたくて……」

クスクス笑いながら亮介は、ゆっくりと実菜の背後に歩み寄り、包み込むように女体を抱きしめた。

「あんっ！」

おんなの悦びを思い出した素肌はよほど敏感で、ふくらみを手指で潰しただけで、びくびくんと派手に反応を示す。

「なんか、昨日よりもふくらみが増していません？　心なしか弾力も、ほら……」

心地よい反発を味わわせてくれる肉房を、ねっとりとした手つきで捏ねまわしてから、もみもみと潰す。

「はうん、そ、それは、亮介さんに抱かれて……。ふうん、身体に火が点いてしまって……あふん、あ、ああっ……」

実菜の前で交差させるようにして乳房を弄ぶ。掌底の中で、乳首がコリコリと硬くなり擦れているのが知覚できた。

「あふん、ああ……。昨晩、あんなに実菜を抱いたのに、まだしたりないのですか？」

閉じていた瞼が薄く開き、肩ごしの亮介の顔を見つめてきた。その眼差しは、じっとりと潤んでいて、焦点をあわせていないようにも見える。

「実菜さんが相手なら、俺、何度でもやれるっす……。まあ、体力だけがとりえみたいなもんすから……」

「うう、若いのですね……。もうこんなに硬くさせている……。ああ、でも、実菜も欲深いわ。また亮介さんが欲しくなってしまいました」

滑らかな柔肌の感触に、節操なく下腹部を勃起させている。そのテント部分を、しきりに実菜の太ももに擦りつけながら、湧き起こる切なさをぶつけるように、容《かたち》のよいふくらみをむぎゅりと揉み潰すのだ。

指と指の隙間から、行き場を失ったやわらかい熟脂肪がひり出される。

沙智を育んだとは思えない瑞々しさが、そのふくらみの魅力だ。

「あん、はううっ、は、はあぁっ！」

交差させていた右手を女体のフォルムに這わせるように、ゆっくりと下方へと降ろしていく。しっとりと吸い付く艶肌を堪能しながら下腹部に差しかかると、恥丘を飾る陰毛に触れた。繊毛の先には、いくつかの水滴が付着している。

「実菜さん、濡れてるんすね。俺の朝勃《あさだ》ちを笑えないじゃないすか」

肉土手に鉤《かぎ》に曲げた掌が到達すると、豊麗な女体がびくんと揺れた。

「ああん、だって、だって〜〜」

そこから先は、声にならなかった。亮介がいきなり淫裂に二本も指を埋め込んだからだ。

「ひうっ！」

途端に、濡れ襞が手指を締め付けてくる。その膣圧に抵抗するように、亮介は内部を掻き回した。

「ほううううっ、ああ、そこ、そこが感じるぅ！」

浅瀬の入り口の裏側あたりに、ひどく実菜が官能を示す場所がある。軽く指先で押しつけただけで、ぐぐっと女体が仰《の》け反《ぞ》って、亮介に軽い体重を預けてくるのだ。

「ああ、いい、ねえ、いいの……。たまりません。このまま挿入してください。亮介さんのおち×ちんくださいっ！」

深い仲になった男女らしい慣れが、生まれつつある。その一方で、実菜は未亡人特有の頑《かたく》なさを全て捨て去ってはいない。美貌を紅潮させて大胆にせがんで見せても、実菜が品を失わずにいられるのはそれ故かもしれない。

亮介はこくりと頷き、大急ぎで服を脱ぎ棄てた。

「亮介さんの、熱くて、硬い、おち×ちん、早くぅっ！」

キッチンシンクを両手で握り締め、お尻を突きだすようにして待ちわびる実菜。亮介は、逆ハート形のお尻に屹立《きつりつ》を突き立てた。

ずぶちゅぶちゅうううっと、一気に膣奥まで勃起肉を埋め込む。肉襞にたっぷりと付着した愛液を切っ先でこそぎたてる勢いだ。

「きゃうううっ！　ああ、やっぱり熱いっ。亮介さんの高い体温が、実菜を灼くの。あの人の時よりもずっといいです……」

無意識に亡夫のモノと比較したようで、もちろん、亮介にはうれしい言葉でしかない。

「実菜さんも最高っす！　こんなに具合のいいおま×こ、ち×ぽが蕩けそうっす!!」

アラサーの未亡人は、若く逞しい肉棒を心ゆくまで味わうべく、牝穴を絞り込んでしまっている。

「ああん、素敵っ。本当に気持ちいい……。熱くって硬くって、癖になってしまいそう……」

まさしく熟れ盛りのおんなには毒と思える絶倫ぶりに、未亡人がひれ伏している。

「うおっ。実菜さんのおま×こが俺のち×ぽを、か、咬《か》んでます！」

「し、知りません……。そんないやらしいこと、言っちゃいやです……」

やわらかく肉棒全体を包みながら、膣肉がさらに奥で咥え込んでくる感触。しかも、繊細な女陰は、別の生き物のように蠢き、その伸縮を繰り返すたびに、肉びらまでもがしっかりと肉棒の付け根にまとわりついている。

「ぐふうう……。本当にやばすぎっす……。先っちょも、幹も、付け根も、全部きつく絞めつけて、ああ、俺、超気持ちいい！」

経産婦の肉路ならではの熟れ具合。妙《たえ》なる蠢動に、絶妙な愉悦をもたらされ、亮介はたまらずに腰を使いはじめた。

ぶぢゅ、くちゅ、ぢゅりゅるっと、うねくるぬかるみに抜き挿ししては、実菜の反応を見て腰を捏ね回す。

「み、実菜もです……。りょ、亮介さんのおち×ちん、あっ、あ、あぁ、実菜、忘れられなくなるぅ～～っ！」

間断なく打ち込む亮介の腰使いは、どんどん激しいものに変化していく。

逆ハート形の美尻に、思い切り自らの腰部をぶつけ、ぱん、ぱん、ぱんと乾いた音を響かせて、猛然と未亡人を抉った。

「あうぅっ、それ、いいっ！　ああ、効くぅ……」

体を折り曲げ、左手でたわわに実る乳房を捏ね回し、右手ですべやかな太ももを乗り越え、肉豆をいじりはじめた。べーっと伸ばした舌は実菜の背筋へと這わせる。

持てる全てを使って、亮介は熟した女体を愉悦へと追い込んだ。

「はふん！　あおぉ、いい、ねえ、いいのぉ……実菜、もうすぐです。もうイク……。

亮介さんも一緒に……」

「俺もです。で、でも、また中出しで、本当にいいのですか？」

ずっとゴムなしで射精してきた亮介だったが、看護師としての職業意識がどうしても邪魔をする。

「本当に大丈夫です。安全日だから。だからねえ、実菜の子宮に、亮介さんの熱い精子、全部かけてください……ねえ、早く、ああ、イクぅっ！」

万が一、沙智に兄弟ができても責任を取る覚悟はある。実菜ほどの美女を孕《はら》ませるなら本望と、想像しただけで頭の中で一足早く射精が起きた。

「うん。判りました。それじゃあ、射精《い》くよ！」

大きく肉塊を引き抜き、一転して激しく埋め込む。そのピッチをどんどん速め、悦楽の業火が発射の火縄に点火するまで、何度も腰を打ち振った。

実菜は、必死にシンクにしがみつき、亮介の抽送を受け止めている。

「ぐおおおっ、射精《で》る！　射精《で》るぅぅ……！」

雄叫びと共に、ぐんと腰をせり出し、切っ先をなるたけ奥に運んだ。

「ああぁ、実菜もイクぅ……。ああ、イクぅっ！」

肉傘を限界一杯に拡げさせ、びゅば、びゅびゅっと体液を発射させた。

射精の間、亮介は無意識のうちに、両腕で実菜の下腹部を抱え込み、それまで以上にぐいぐいと引きつけていた。自然、実菜の股は大きく開き、強く引きつけた分だけ挿入が深くなる。並みのサイズでも、膣奥で爆ぜさせた手応えがあった。

「きゃううう、だ、ダメぇ、実菜の子宮に……あああぁ、堕ちるぅ……」

我知らず巨軀と腕力を活かし、実菜の爪先が浮くほど引きつけたため、浮遊感を覚えたのだろう。同時に、絶頂にも打ち上げられ、未亡人は重力の感覚を失ったようだ。

「ぐおおおっ、俺も……実菜さん……あ、熱い蜜が、ち×ぽに降り注いでいる……」

それは自らの射精した牡汁なのか、多量に実菜が吹き零した蜜液なのか判然としない。

それくらい未亡人の胎内は、ぐちょぐちょに蕩けきって、肉棒を温めたスライムに突っ込んでいるようだ。

「ああん。亮介さんの精子でいっぱいです。安全日なのに、孕んでしまいそう……」

おんなの満足に艶めいた美貌が、亮介に向けられ嫣然《えんぜん》と微笑んだ。

だ。

2

「亮くん、ちょっといいかなあ？　私の部屋まで……」

突然の師長の呼び出しにも、少なからず亮介はホッとしていた。

というのも、いま亮介が立ち話をしている相手が、検診に訪れた祥子であったからだ。

「あ、そ、それじゃあ、祥子さん。また、今度」

会話を打ち切るよい口実ができ、亮介はそそくさと祥子の前を辞した。

決して、祥子と不味《まず》い関係にあるわけではない。というよりも、彼女とはあの一度きりで微妙な距離感が保たれている。だからこそ、新たに実菜と不適切な関係を結んだことが、なんとなく彼女に後ろめたいように思われるのだ。

美しい人妻を振った訳でもないのだから、我ながらなぜそんな思いを抱くのか不思議でならないが、実菜との関係は断ち切りがたく、祥子とは一夜限りであることが微妙に亮介の中で引っかかっているのかもしれない。

だとすると、自分はおんなにだらしないだけでなく、存外欲張りであるのかもしれない。

「失礼します」

そんなことを思いながら、亮介は師長室のドアをノックした。

「どうぞ」

やわらかな声に招かれ、師長室のドアを開き、巨軀を滑り込ませた。

相変わらず、きれいに整理された小部屋であったが、事務的な機能ばかりが整えられているのとも違う。

穏やかさというか、血の通う温もりというのか、どこか里緒の人柄がこの部屋からも滲み出ているのだろう。

「何かありましたでしょうか？」

事務机に向かう師長の真正面に歩み寄り、あらためてその美貌を見つめる。

先ほどは、里緒の呼び出しにホッとしたものの、今は少し緊張している。

この部屋に呼ばれるときは、叱られることがほとんどだからだ。もっとも、多少のお小言で凹む亮介でもないのだが。

「うん。ちょっとね……」

しかし、里緒はそう言ったきり、こちらを見たまま黙り込んでしまうのだった。

(うーん。こいつは、また叱られるな……。だけど、俺、何かやらかしたっけ……)

師長の様子に、ますます叱られる覚悟をした。彼女が言葉を選ぶときは、まず間違いなくそういう時なのだ。

けれど、いつもの師長ともどことなく違っている。どこか、彼女の表情に当惑めいたものが読み取れるのだ。

澄んだ切れ長の瞳にも、何かに迷う色が浮かんでいる。

「あの……」

やむなく亮介から促すと、うりざね型のほっそりした頤《おとがい》が斜めに傾げられた。

「うん。あのね、そう。どう話をすればいいかしら……」

官能味溢れる唇が継ぐべき言葉を見つけられず、またしてもつぐまれた。

(おやっ。叱られるんじゃないのかな？　珍しく師長の口が重いぞ……)

何かとやらかしては巨軀を縮ませていた亮介だが、いつもとはどこかが違う師長の様子に徐々に気が抜けてきた。その分だけ、デスク越しの里緒の美貌や肢体を掠めるように覗いてしまう。

(やはり師長は、お美しい……。色白ってこともあるけど、お肌の透明度が半端《はんぱ》ないもんな……)

見かけは凛とした佇まいの師長であったが、その物腰はおっとりしている、といった印象が強い。

（頼りなさそうな面と、ちょっぴり怖い芯の強さが師長の魅力だよな。意外と、人情にも厚いしさ……）

怜悧な美貌が冷たそうにも見えるが、情に厚い部分を見せると、余計にギャップにやられてしまう。密かに亮介がお狐さまと祀《まつ》り上げる所以《ゆえん》だ。

（なにより、あのおっぱいがすごいよなぁ……。細身なのに、あのボリュームだものな……）

魅力的な上司に見惚れるあまり、表情が緩まないよう引き締めるのが大変だ。

（ちょっと怖い気もするけど、あの師長のおっぱいになら貌を埋めて見たい……）

職場では人望を集める上司であり、家庭にあっては一児の母親でもある里緒だけに、その母性を象徴する乳房に亮介は興味津々だ。

看護師長として当たり前に、ナース服に身を包む里緒だが、その制服特有の美しさは若いナースたちに決して負けていない。白い清楚な制服の下が、下着ばかりであるだけに身体の線も出やすい。それだけに師長が悩ましい肢体の持ち主であることを亮介はよく知っている。

そんな視線に気づいてか、いつの間にか里緒が、じっとこちらを観察するように見つめていた。

「はあ……。まったくきみは……」

あからさまに深い溜息を吐く師長に、亮介はハッとなった。自分の何を諫《いさ》めようと師長がここに呼んだのか急に、理解できたからだ。

（うわっ、ヤバっ！）

鋭い勘をもつ里緒は、祥子と話をする亮介の様子から、二人の関係を読み取ったのかもしれないのだ。

「あのね、亮くん。私だって、きみの私生活に口出ししたくはないの。だけどね、その節操のなさは問題だぞ」

案の定、里緒は祥子との関係を察している口ぶりだ。

「不特定多数の女性と乱れた関係が続くようでは、大学病院の風紀にもかかわるの。体力を持て余しているのかなぁ……。若い男性だから時にはそれも仕方がないよね。でも、それも度が過ぎると……。いまも私の胸元ばかり見ていたでしょう」

あまり物事に動じない亮介だったが、さすがに師長のその指摘にはドキリとした。部屋の中は少し肌寒いくらいなのに、冷や汗が額や背中に滴るほどだった。

まさか、師長に祥子以外の他の女性との関係にまで悟られていようとは。しかも、自分の視線が彼女の胸元に貼りついていたことまでがバレている。

（えーっ。不特定多数って、他に気づかれているのは、朱音先生とのこと？　それとも実菜さんとのことか？　ヤバイ、師長鋭すぎるぞ！）

日常の中にラッキーエロを探す視線も、問題視されているらしく、いよいよ冷や汗が止まらない。

「勘違いしないでね。亮くんのこと責めているわけじゃないの。仕事がきついから色々と溜まるだろうし……。人一倍大きな体では、性欲のはけ口も必要なのも理解できる。だから私の胸元を見るくらいは、大目に見てきたのよ」

少しばかり話があらぬ方へ向かうことに、亮介は意外な思いで聞いていた。てっきり、きつく叱られるのだとばかり思ったからだ。

しかも、心なしか里緒が頬を紅潮させているではないか。

薄《うっす》らと目元を赤らめる師長の艶顔に、そういう態度を注意されているにもかかわらず、心をざわつかせずにいられない。

（恥じらっているような師長、萌《も》えるなあ……）

即座に妄想が拡がり、里緒の唇が「だから、私がはけ口になってあげる」と言い出すのを聞いた気がした。

「亮くん？　ちょっと、聞いているの？」

いつの間にか、ぼーっと里緒を見つめていたらしく、さすがの師長も今度は口調を荒げている。

「あ、いえ。す、すみません。あんまり師長がお綺麗だったもので……。あ、いや、申し訳ありません……。以後慎みます」

深々と頭を下げてから、逃げるようにして亮介は師長室を辞した。

3

「ヤバかった。本当にヤバかった。だけど、師長、かなり色っぽかったなあ。本来は情に厚い人なんだよな。ああいう女性って、ベッドでも情が深いのだろうなぁ……」

今しがた注意されたことも忘れ、またぞろ亮介は里緒の艶姿を妄想してしまう。それほどまでに魅力的な人なのだから、仕方がないとの思いが免罪符だ。

「だからあ。お前、俺が言っていることを聞いてないだろう。たかが看護師風情がバカにしやがって！」

突然、荒げた男の声が、廊下いっぱいに響き渡った。

にへらとだらしなく鼻を伸ばしていた亮介の耳にも、不穏当なその言葉が届いた。

「うん？　たかが看護師？」

どれほどの人格者であっても、病気をすると不安やストレスもあってか、我儘《わがまま》になる傾向にある。特に、それが入院中では、その人物の地金《じがね》のようなものが出てきて、子供のように駄々をこねる人も少なくない。

「つらいときには我慢せず、つらいと言ってください」

亮介も患者さんには、口癖のようにそう伝えている。それに伴う相手の我が儘も極力受け止めるようにしている。だから、病気の辛さを苛立ちまぎれにぶつけられることは辛抱できる。けれど、人を見下したような物言いは腹に据えかねた。献身的な看護を認めろとは言わないが、いくら辛くとも相手を侮辱してよいはずがないのだ。

「あの声は、桜井《さくらい》さんだな。また亜里沙先輩に難癖付けているのか」

桜井という年配の患者が、何かと亜里沙にクレーマーのように絡むことを思いだした。

亮介が病室に駆け付けると、案の定、亜里沙を前に桜井が興奮した様子で口角《こうかく》に泡を飛ばしていた。

確かに、亜里沙の方が亮介よりも経験を多く積んでいる分、患者の扱いも上手い。しかし、この桜井はたちが悪いことで看護師の間でも問題になっている相手なのだ。

「おやおやおや、桜井さんどうしました？　何かありましたか？」

亮介は、あえてやわらかい声となるよう意識した。

ことさらに体を縮めさせるのは、巨軀を利用して威圧するようなマネは、慎むべきと承知しているからだ。

目の端に亜里沙を捉えると、彼女が安堵する表情を確認した。

気丈な亜里沙と言えども、興奮した男性は恐ろしいに違いないのだ。

「いや、この看護婦が、舐めた口をきくから……」

その言葉に、亮介はベッドのパイプに両手をかけて、体をずいと乗り出し、桜井に顔を近づけた。もちろん、顔には笑みを貼り付けている。

「こ、この看護婦は、クスリのことで俺が頼んだことを聞かないんだ。痛くてこのクスリじゃダメだってのに……」

その桜井の言葉で、大よそのことに察しがついた。

看護師に患者のクスリを決めることはできない。患者から痛みなどの訴えがあった場合、担当の医師か薬剤師に相談するのが決まりだ。

当然、亜里沙もそうしたはずで、その上で現状のクスリで処置すると判断されたのだ。しっかり者の亜里沙だから、そのこともきちんと説明したはずであり、つまるところ要求の通らなかった桜井が、亜里沙にあたっているという図式だろう。

「それは、桜井さんの容体を考えた上での判断だと思いますよ。俺たち看護師では決められないことですし。それを桜井さんは誤解してるんっすよ。第一、亜里沙先輩は、信頼できる看護師ですから。ねえ、富澤さん」

あえて、隣のベッドで耳を象のようにしている桜井と同年配の患者に、同意を求めた。桜井と富澤が仲良くしていることを亮介はよく知っている。

「あ、ああ。そうだよ。桜井さん。亜里沙ちゃんは、いい娘だよ。やさしくて、しっかりしてるしさあ……」

その富澤の言葉の尻馬に亮介は乗った。

「ですよねえ。俺なんて、亜里沙先輩にフォローしてもらいっぱなしなんだから……。超優秀なんすよ。もちろん桜井さんのことも先輩は気にかけてますって」

桜井が亜里沙にちょっかいを出したがるのは、甘えもあったが、実は彼女を意識してのこと。歳の差があり、桜井が妻子持ちであるが故に、まるで子供の様に接するしかできなくなっているのかもしれない。要するに、亜里沙にかまって欲しいのだ。

「俺を気遣っている？　じゃあクスリの件は、俺が悪いのか？」

「いやいやいや、そんなんじゃなくって。でも、クスリの件は、亜里沙先輩が悪いとかじゃないことは桜井さんだって本当は判ってるでしょう？」

そう問いかけられると、桜井も何も言えなくなった。バツが悪いといった風情で、ぷいと亮介の視線から顔を背けた。

「まあ亜里沙先輩も人間だから、ちょっとした言い間違いや聞き違いもあるだろうけど……。そんなに怒らないずにさぁ。また血圧、上がっちゃいますよ」

この件に関して、亜里沙に落ち度などないと信じている。明らかに、虫の居所の悪い、もしくは亜里沙に甘えたい桜井が、駄々をこねているだけだ。けれど、亮介はそれをおくびにも出さず、それでいてこれ以上の桜井の我ままを封じるつもりで、まとめにかかった。

「クスリの件は、先生に今度は俺が指示をもらいに行きますよ。でも、すみませんけど、あまり期待しないでくださいね。恐らく結論は変わらないだろうから」

パイプを摑む腕にぐいっと力をかけると、軽くベッドが揺れてきしみを上げた。

「あちゃぁ、失礼。もし俺が入院したら、このベッドじゃ持たないかも知れないっすね」

本気で笑った亮介だったが、桜井には怪物が凄んだように映ったようだ。

「そ、それじゃあ。亮介さんにお願いしておこうかな……」

どの看護師も敬称など付けて呼んだことのない桜井が、亮介をそう呼んだ。

桜井がぎこちなく微笑むのを見て、やりすぎたと少し反省する亮介だった。

4

「さっきは、ありがとう。どうも私、桜井さん、苦手なのよね……」

消灯前の巡回を終え、一息ついた頃、亜里沙がそう亮介に声を掛けてきた。

亮介のデスクの傍に彼女が立つと、消毒薬の匂いに入り混じりふんわりと甘い匂いが漂う。おそらくは亜里沙が使っているシャンプーと彼女の体臭が入り混じったものだろう。

（うほっ。亜里沙先輩のいい匂いがまたしても間近に。これもラッキーエロだよな……）

彼女と夜勤で同じローテーションになるのは久しぶりだ。

「珍しいっすよね。先輩が苦手にする患者さんなんて」

「うーん。そうかな。なんだか桜井さんって、しつこく絡んでくるところがあって。こういう言い方悪いけど、粘着質でイヤなの」

「ふーん。先輩でも人を悪く言うことがあるんっすね」

何事にも物おじせず、はっきりした物言いの亜里沙であったが、他人をけなすことは珍しい。

「あら、私だって好き嫌いはあるよ。特にああいう絡むような人はＮＧ」

「まあ、桜井さんは確かにちょっと……。でも、俺、看護師として失格っすよね。患者さんを威圧するようなマネ。やり過ぎたと反省しています」

珍しく入院患者が少ないせいか、ナースコールで呼び出されることもなく、いつになく暇な当直となっている。

こなさなければならない仕事はあるが、急ぎの用件もないだけに、多少のコミュニケーションは許される状況だ。そうなると俄然《がぜん》、亜里沙の存在が気になりはじめる。彼女の方も、先日来よりどこか亮介を意識しているように思えた。

「やり過ぎってそんな……。私のことを助けるつもりで、してくれたのでしょう？それに桜井さんも納得しているはずよ。だから、落ち込んだりしないで……」

亮介に感謝の気持ちを表すつもりか、亜里沙がその距離を近づけた。

クリクリとよく動く大きな瞳が、照明の光を吸いこんで美しく光り輝いている。

少し熱を帯びているのか、ぽちゃぽちゃっとした唇が赤く煌《きら》めいて、やけに色っぽい。

(うわああ、亜里沙先輩がカワイイ!!　それでいて、ものすごく色っぽいぞ!)

ふいに亮介の膝の上に、彼女の掌が置かれた。

何気ない天然の行為だろうが、途端に、亮介は過剰反応してしまう。巨軀を強張らせると同時に、下腹部に血が集まり、恥ずかしいテントをズボン前にたててしまった。

動きやすさ重視のナース服だから、よけいにそれが目立っている。

「あ、いや、そんな本気で落ち込んでいるわけじゃなく……。だから、その……」

彼女の気を引くために反省して見せたわけではない。かと言って、それほど深く反省しているわけでもないだけに、亮介としては面映《おもは》ゆい思いもある。

「亮介って素直だね。見習わないとなあ……。うふふ。ここも素直……」

亜里沙の指先が、白いテントの上をすっとなぞった。

びりりと背筋を走る性電流に、思わず「うほっ」と声をあげ、椅子から腰を上げかける。

他の当直の看護師たちは休憩に入っているため、ナースステーションに人影はない。

だからこそ、亮介の驚きと快感の入り混じった奇声は、思いのほか響いてしまう。

亜里沙の悪戯な指先も、あわてて引っ込められてしまった。

「もう。亮介のバカっ！　過剰反応だよ……」

目元をツヤツヤと赤く染めながら、亜里沙がコケティッシュにぺろりと舌を出した。

そんな小悪魔な仕草も、天然に違いない。けれど、ただでさえ彼女を意識する亮介にとって、亜里沙の全ての行動が官能的に見えてならない。

「うわあ、まだ勃《た》ってる！　もう、しょうがないなあ……。そろそろ休憩の時間だよね。いつナースコールがあるか知れないけど、休憩室に行こうか」

まるで亮介の手を取らんばかりの勢いで促され、そそくさと休憩室に移動した。

（しょうがないなあって、先輩言ったよなあ……。あの言い回しは、期待していいってことか？　いやいや、相手は天然の亜里沙先輩なんだ。期待しすぎると痛い目を見る……）

これから何が起きるか期待半分、他方で相手が亜里沙だけにすかされる不安も半分。どっちに転んでもいいように、ざわつく胸の内を懸命に抑える亮介だ。

「ここって鍵がかからないけど、この時間なら他に入ってくる人もいないよね」

夜勤で残る看護師は四人。その四人が、ふたりずつ交代で休憩を取るシステムである以上、誰かがここに来る懸念は薄い。

自らに言い聞かせるようにつぶやいた亜里沙に、いよいよ亮介の妄想は現実味を増している。病院一のアイドルナースと呼び声高い亜里沙と、夢にまで見た関係が実現しようとしているのだから、否が応にも、テンションが上がってしまう。すぐにでも彼女に震い付いてしまいそうな自分を抑えることができたことが不思議だ。

二人掛けの長椅子に隣り合って腰かけると、彼女の膝が亮介の膝にあたる。たったそれだけのことでも、亮介はびくんと体を強張らせ、巨軀を縮ませてしまう。

「うふふ。やっぱり亮介と二人だと、ここ狭く感じるね。荒い鼻息が届いているよ」

我知らず鼓動を速め、息を荒げていたのだろう。けれど、そうなっている理由は、むしろ彼女にある。確かに、狭い休憩室ではあったが、亜里沙はその細身を擦りつけんばかりにパーソナルスペースを詰めてくるのだ。

「ほらあ、時間ないよ。それとも私が相手では不満？」

赤い唇が耳元に触れる寸前にまで近づき悩ましく囁いた。

その一言で、亮介は自らの理性がまるでマグネシウムがぼっと燃えるように、瞬間的に燃え尽きるのを見た。

「あ、亜里沙先輩」

たまらずに、ソファの上の痩身を力強く抱き締める。

「あん」

艶めいた吐息も、亮介を前後不覚にするばかりだ。

（うおおおっ！　亜里沙先輩の身体、やらかっ！　と、特に、おっぱいいいいっ！　ナース服越しでも容《かたち》のよさが判っちゃうよ……）

細身のナース服は、まるでスリムな体形を隠さない。だからこそ、前に突き出したようなロケットおっぱいは、はっきりと強調される。比較的、甘い顔立ちの彼女とは、好対照のバストだけにかなりエッチに映るのだ。

白衣の天使がその下に隠す肉感を、亮介は両腕と胸板でたっぷりと味わい尽くした。

「りょ、亮介。強すぎる。ほら、もっと女の子にはやさしくする」

諫める亜里沙ではあったが、決して抗うものではない。やわらかな女体からは、むしろ力が抜かれ、亮介の抱擁をうっとりと受け止めてくれるのだ。

「あ、亜里沙先輩！」

白い首筋に唇を貼りつけると、びくっと女体が反応した。

ほつれた彼女の一条の髪に、鼻先をくすぐられる。先ほども嗅いだ甘い匂いが、更に濃厚に押し寄せた。

「ねえ。その先輩って、今だけはやめようよ。亜里沙って呼んでいいよ……」

広い背中に回されたしなやかな腕が、亮介の抱擁に応えるように強くしがみついてくる。

思いのほか積極的な美人ナースに、亮介はやられっぱなしだ。

二十代後半に差しかかる彼女は、娘盛りからおんな盛りへとその美しさを移行させている。成熟度においては朱音や祥子に敵《かな》わないものの、瑞々しさを残しながらも熟れた女体は、凄まじい魅力を放つのだ。

「あ、亜里沙……」

促されるままにその名を呼び、憧れの女体をまさぐる。ナース服の上からでも、そのやわらかさと充実した実りは、十分以上に魅力的だ。

5

至近距離にあるぽちゃぽちゃとした唇は、グミのように赤く発情色に染まっている。

たまらず亮介は、その果実を上下の唇で挟み込むようにして貪った。

「ほふう、はぁ、りょ、亮介ぇ〜〜っ」

さらに鼻息を荒くさせ亜里沙の唇をがっつく。それを制するようにひとつ年上の先輩ナースは、少し離れては唇を重ね、また離れては触れ合うと、一定の距離を保とうとする。

「はふううっ……もっと唇欲しいの？　いいよっ。もっともっと、味わわせてあげるぅ」

亮介の厚い上唇を、今度は亜里沙が甘く咥えてくる。後頭部をやさしく支えられ、次に下唇を。そして、また唇全体を覆うように重ね合わせる。

「ふああっ……亜里沙ぁあ……うぶぶっ……ほむううっ」

しなだれかかる女体がゆっくりとくねり、やわらかい乳房で亮介の胸板をくすぐってくる。亮介も、先輩ナースの朱唇を夢中になって吸いつけている。

「ぐほおおおっ！　ううっ……」

背筋をぞくぞくさせる甘い電流が、またしても流れた。

白魚のような手に、猛り狂う肉塊を握られたからだ。ズボン越しに、まるでペニスの容《かたち》を確かめるような手付きが、屹立の付け根から亀頭までをやさしくなぞっていく。

「ほううっ…節操のない亮介……。うふふふっ……ほら、亜里沙が……慰めてあげる……」

節操がないと揶揄《やゆ》され、冷やりとしたものが背筋を走った。看護師長に知られていたと同じことを亜里沙にも気づかれていたのかと懸念したのだ。

里緒に忠告されていたにもかかわらず、懲《こ》りることなく亜里沙とも関係を持とうとする自分を、どこかで後ろめたく思うだけに、その言葉は胸に棘《とげ》のように刺さった。にもかかわらず、ミツバチが花蜜に誘われるが如く、瑞々しい肉体に手を伸ばしてしまうのだ。

ふっくらした胸元を、おずおずとまさぐっても、抵抗も咎めだてもされないことをいいことに、どこまで許してもらえるか探求を続ける。

「あふううっ……ううんっ……ほふううっ」

艶めかしい溜め息に首筋をくすぐられるともういけなかった。遠慮がちにしていた手指の開き閉じをリズミカルに、しかも力強いものに変えていく。

亮介の掌に余る乳房は、実菜のそれよりも小ぶりながら、それでも充分以上に大きい。

（ああ、亜里沙先輩のおっぱいだ。あのロケットおっぱいに触ってるんだ！）

色っぽい朱唇があえかに開き、控えめな吐息が甘く漏れる。上品な顔立ちが、みるみるうちに茜《あかね》色に染まった。小高い頬の稜線が官能に歪んでいる。

休憩室にムンムンと体臭がこもる。成熟したおんな特有の肌の匂いだ。

（ものすごく、おっぱいやわらかい！）

瘦身のふくらみは、ナース服越しにも魅力に満ち溢れている。けれど、亮介はもっと張りの強い乳房を想像していた。事実、しなだれかかった時に、胸板に当たる弾力は相当なものがある。しかし、いざ掌に収めてみると、びっくりするほどのやわらかさなのだ。それでいて内側から押し返すような心地よい反発がある。

ゴム風船にババロアを詰め込んだような心もとない硬さなのに、壊れることなくフルンフルンと流動する感覚。しかも、ふかふかとしていて、きめ細かく泡立てた生クリームにも似ている。

（ヤバイ！　ナース服の下にはブラジャーもあるだろうに、なのにこんなに触り心地が良いなんて……）

ただ揉んでいるだけで、これほど官能を呼び起こす物体は他にない。

言い尽くせぬ感動に陶然となりながら亮介はねっとりと捏ねまわす。

ぱっちりとした亜里沙の瞳が、ゆっくりしたリズムで開いては閉じる。乳房を弄ばれておきる漣《さざなみ》を、うっとりと甘受しているのだ。

「亜里沙、ものすごく色っぽい……」

亜里沙の掌が、そっと手の甲に重ねられた。強く揉みすぎたかと思ったが、そうではない。もっと強くと促すように、亮介の掌ごと自らの乳房を揉みしだくのだ。しっとりとした手の感触と、ふるんとした乳肉のまろやかさが、熱く深く刻まれる。

「ふうぅ、んんっ……おっぱいっ、亜里沙のおっぱいっ……亮介に揉まれてるぅっ」

掌で双乳の裾野を上方へ押しつぶすようにしながら、左右すべての指でやわらかい山腹を存分に揉みほぐす。けれど、やはりナース服とその下に控えるブラの存在が、手指と乳肌を隔てている。初めは、そのふわりとした感触に昂奮を覚えたが、それも徐々にもどかしくなってきた。

指先の感覚を鋭敏にさせ、その一つひとつの感触を確かめつつ、肉房のさわり心地を追い求めるが物足りない。

焦れはじめた亮介は、さらなる欲求を満たそうと、ナース服の前ボタンに手指をかけた。

しかし、亜里沙の指先がその動きを押しとどめた。

「時間がもったいないから、このましょう。服を脱ぐのは、今度またゆっくり……」

はにかむように笑う亜里沙の清楚な色香。その指先から伝わる熱は、微《かす》かに火照りを帯びている。

「判りました。でも、今度必ず、亜里沙の裸も見せて……」

念を押しながらも彼女の言葉に従い、亮介はナース服の裾に手を伸ばした。

肌色のストッキングと白いパンティを脱がせにかかるのだ。

いささか即物的と思われたが、それが彼女の望みであれば叶えるばかりだ。

「いいわよ。約束してあげる……」

細腰を締め付けるストッキングとパンティのゴムに伸ばした指先をくぐらせ、ぐっと握り締める。

「あぁっ……」

やわらかな尻肌をいささかも傷つけぬよう、ゴム紐を大きく外側に伸ばしてから、肉の側面を滑らせる。彼女も腰を浮かせてくれるから、ほとんど力はいらなかった。

つるんと玉子の殻を剝くように、パンティがお尻を離れるのだ。

「亮介っ…」

ナース服の裾が際どくまくれ、白い太ももが露出する。

肌色のストッキングの下、引き締まったふくらはぎがギュッと緊張を見せる。

(ああ、なんだかんだ言ってもやはり恥ずかしいのだな。そうだよな。どんなに気丈でも亜里沙先輩はおんななんだよな……)

無理やり押し殺していた羞恥が、下腹部を露出することでどうしても滲みでてしまうのだろう。けれど、かえってそれが、瑞々しい色気へと昇華されている。

ずり下げられて全容を現した白いパンティを、未だ爪先に残された踵の低いミュールごと抜き取った。

「ああん。いざとなると、やっぱり恥ずかしい……」

まくれ上がった裾を両手で押えるようにして、前かがみになって恥じらう亜里沙。

そんな彼女の両肩に手をやり亮介は、そっと耳元で囁いた。

「ほら亜里沙。時間がないのでしょう？　恥じらっている場合じゃないよ……」

言いながら亮介も、自らのズボンとパンツをずり下げ下腹部を露出させた。

ぼろんと零れ落ちた亮介の分身に、亜里沙の視線が吸い込まれる。

サイズにコンプレックスを抱く亮介だったが、それを晒すことで彼女の羞恥を少しでも和らげようと思ったのだ。

「そうだったね……。ごめんなさい。じゃあ、亜里沙も思いきるね。ほら、こうして裾を捲《まく》りあげちゃう」

それが亜里沙の天然ゆえの所業か、見かけによらず大胆な性格ゆえかは判らない。

けれど、彼女が思い切ってナース服の裾を持ち上げ、その姿勢も正してくれたお蔭で、楚々とした女陰が丸出しとなった。

「おおっ！」

図らずもあげた亮介の感嘆の声に、裾を持ち上げる手指は震えている。

そんなことに気づく余裕もなく亮介の視線は、彼女の下腹部に吸い込まれている。

肉丘をやさしく覆う恥毛は、彼女のイメージ通りに淡い。よく手入れのされた繊毛が、漆黒のデルタ地帯を形成している。

「これが、亜里沙のおま×こ……」

さらにその下の女性器があまり使いこまれていない印象を与えるのは、左右対称にきれいに整っているからだろうか。色は、新鮮なサーモンの肉色。サイズは、大きすぎず小さすぎず。六㎝ほどのクレヴァスの縁を、鶏冠《とさか》のような肉びらがチロリと覗き、ふるるとそよいでいる。

華やかで新鮮、上品で慎ましく、そしてこの上なく淫靡。アイドルナースの下半身は悩ましく咲き誇っている。

「もう。恥ずかしいって言ってるじゃない。触るなり、挿入《い》れるなり、早くなさいよ！」

まんじりともせずただ視姦するばかりの亮介に、可愛らしく亜里沙は逆ギレして見せる。そしてそう言いながら、亮介の腰部に跨ってくるではないか。

またしても彼女の大胆な行動に翻弄されながら、即座に彼女の細腰を支えるように手をあてがった。

6

「亮介がしてくれないから、亜里沙が亮介を気持ちよくさせる」

尖らせた唇が宣言すると、引き締まった腰が亀頭を膣口に導くように照準を定めた。

ハッとした亮介は、菊座をぎゅっと締めて、肉塊を奮い立たせた。

並みのサイズではあっても、勃起すればそれなりの威容となる。近づいた淫裂が、勃起熱に反応するかのようにムギュッと収縮した。溢れた愛液がタラーッと滴り、亀頭部を濡らす。それで準備が整ったとばかりに、亜里沙はゆっくりとヒップを落とすのだ。

「あ、亜里沙!!」

「んっ！　はうぅっ！」

堅い先端にぬるりとした肉孔の中心が触れると、艶めいた声が漏れた。エラの張ったグロテスクな亀頭部と、亜里沙の楚々とした女陰が好対照に思える。

「うふぅっ、ああ、熱いわ……」

亮介の肩に両手を置いた亜里沙が、体重を預けるように腰を落とした。

細眉をたわめ、優美な背筋がしなるように後ろにのけぞる。

しっかりと噤《つぐ》んだ唇から、呻きを漏らし、太い肉棒を胎内に迎え入れるのだ。ぬぽッと亀頭が嵌《は》まると、後はズズズッと垂直に肉幹を咥え込んでいく。ざらついた膣肉天井が、亮介の傘肉をたっぷりと擦るのだ。

「くふうっ……」

息を詰め挿入の充溢感を味わう亜里沙。白衣の天使が分身を迎えてくれる感動に、亮介も息を詰めて顔を真っ赤にさせている。

「ぐはあぁ、あ、亜里沙ぁっ！」

「ああん、亮介が、私の胎内に挿入《はい》ってくる……」

亜里沙が、強烈な違和感に呻吟《しんぎん》する。勃起の熱を鎮めようとするように、精一杯やさしく生温かい濡れ襞で包み込んでくれている。

「うれしいっす。亜里沙と一つになれた」

素直な感想を口にすると、情感を刺激されたのか、亜里沙が痩身をブルッと震わせた。付け根まで呑み込むつもりか、両脚が蟹足に折られ、肉棒がずぶんと全て呑みこまれる。

「あううっ……せ、切ない……。亮介のおち×ちんに貫かれ、おま×こ切ない……。ああっ、どうしよう、火が点いちゃう……気持ちよくなっちゃうよぉ……」

牡が胎内にある悦び、イキの良い肉棒に拡げられ、灼熱に焼かれる快楽が、はしたない本音を吐き出させるらしい。

「俺も！　俺も、ものすごく気持ちいいっす！　おま×このなか、すごいんだ。なかで何かが蠢いている」

思わず亮介が腰を突きあげかけるのを亜里沙が目顔で制した。

喜悦の表情を浮かべる亮介の頬に、肉厚の唇がちゅっと押し付けられた。

「ねえ、すごいのね。亮介のおち×ちん。私のなかでビクンビクンしている……」

尻穴を閉める要領で下腹部に力が籠ると、うねる媚肉が締め付けてくる。やわらかさときつさが、相半ばした極上の具合だ。

「あううっ！　亜里沙もすごい。ほら、また動いた！」

収縮しつづける熱い蜜壺が、着実に亮介をめくるめく官能へと導いてくれる。さほどの律動もくれぬうちに、興奮と快感に焼き尽くされ、やるせない衝動がさんざめいてくる。

器官に近づいた。

「ああん、亮介ぇっ！」

愛おしげに顔のあちこちにあてられていた唇が、薄っすらと開いたまま亮介の同じ

「ンン、ぐウッ、ほむぅ」

薄い舌に侵入され舌を搦《から》めとられた。ディープキスを交わしながら互いの体を密着させたセックスは、恋人同士の行為そのものだ。

(うおぅっ！　亜里沙先輩の舌も唾液もなんて甘い……。甘すぎて蕩けてしまう！)

巨体を気にせずに済む定番の体位。ラブラブを実感できる密着に、亮介はどっぷりと溺れる。

「ほむん、はふう……。ああ、どうしよう……。気持ちよくなってきちゃった……」

ぐちゅ、ぐちゅ、と上下の口で唾液や体液を交換する対面座位で、亜里沙もまた女体の芯を官能の焔に炙《あぶ》られているのだ。

「ねえ、気持ちいい……っ。うっとりしてきちゃう……」

否定しようがないほどの肉悦が、おんな盛りを迎えた肢体を灼いているのだろう。

「ああん、燃えてきたみたい……。もう、我慢できないわ。う、動かすわね」

キスを解いた亜里沙が、細腰をゆったりと波打たせる。

「あぁ、蕩けそうにいいよ！」

「私もよ。亜里沙もいいっ！　気持がよくて溺れてしまいそう」

亜里沙自身、急速に上昇する愉悦のなかで、やっとの思いで快感をコントロールしているらしい。けれど、大胆な割に美人ナースは、それほど性経験が豊富ではないらしく、つい我れを忘れることもしばしばだ。

それは、腰の回転運動やヒップの揺さぶりとなって表われた。

「わわわわっ、それ、いい！　超気持ちいいっす！」

ずりずりと尻を肉塊の根元に擦りつける前後運動。ざらついた肉路が、勃起に擦れ鮮烈な淫波が生じる。同種の喜悦を亜里沙も味わっているらしく、紅潮した表情が徐々に兆していく。

「ああんっ、脈打ったおち×ちんが、あついっ」

さらなる快感を追って、尻をゆっくりとせり上げ、また沈みこませる亜里沙。亮介も下から尻を持ち上げては下げ、彼女の淫らな腰つきに同調させている。

「うふぅ……ああん……はああっ」

「ぐっ！　うぐぅっ！」

二人の抑えきれない喘ぎが、狭い空間で輪唱する。

尻をせりあげるにつれ、たっぷりと蜜汁にまぶされた肉竿が、膣肉からひり出される。抜ける寸前のところで、ようやく動きを止めた。

薄目を開けた亜里沙が恐々《こわごわ》と、結合部を覗き込んだのだ。

「ああ、なんていやらしい眺め……」

つられて亮介も覗き見ると、赤銅《しゃくどう》色に充血した肉塊が静脈の筋を浮かびあがらせ、パツパツに口を拡げた膣口に咥えられている。

愛液まみれの肉竿に、ぴっとりと寄り添う肉ビラも蛍光灯にてかてかと輝いている。

「こんなにいやらしいSEXはじめてっす。俺、亜里沙に溺れてしまいそう！」

喉奥を鳴らして咆哮すると、亮介の快感を攪拌《かくはん》するように、亜里沙が尻を小刻みに動かしてくる。

彼女自身、入口付近で浅刺しする快感を愉しんでいるのだ。そのたびに亀頭が膣内に、ぴょこぴょこと出入りを繰り返す。

「あふん、ああ、だめっ、亮介のおち×ちん、すごい……腰がっ、勝手に動いちゃうぅっ！」

たゆとうていた亜里沙の官能の堰《せき》が切れたらしい。無意識のうちに腰を揺すり、飽かず愉悦を汲みあげている。

「助けて亮介……私、このままだとダメになっちゃうっ！」

情感たっぷりに、愛しげに名前を呼んでくれる亜里沙。その乳房の先端が硬く尖りしこっていることは、ナース服の上からも察知できた。

「はあっ、はあっ、はあっ」

対面座位でさんざん悦楽を味わっている亜里沙が我知らず荒い息をついた。

抱きしめる女体は、体温をひどく上げている。官能に全身を火照らせているのだ。

つやつやの頬などは、妖しい薔薇色に染まり艶めかしい限り。ぴちぴちのお尻と太ももには汗の珠《たま》が浮いていた。

7

日頃の慈悲深い看護師の姿をかなぐり捨て、獣のように乱れまくる彼女に、亮介の獣欲も暴発した。

「うおおおっ、亜里沙、ありさ～～っ！」

亮介は亜里沙の両太ももの裏に手を回すと、そのままゆっくりと立ち上がった。

「えっ、これって……あぁぁぁぁっ!?」

駅弁ファックの体位だった。

体育会系の巨軀を活かし、力強く亜里沙の腰を抱え、交合を深くするのだ。

「あ、ああ、怖いっ、はあああぁ！」

亮介とさほど変わらぬ身長とはいえ、駅弁スタイルは緊結部に重力がまともにかかる。

亜里沙が怖がるのも当然だった。どこかに掴まらないと、落ちると感じたのだろう。細腕を亮介の首筋にむしゃぶりつけ、若鮎のようなふくらはぎが野太い腰に巻きついてくる。

牡獣もまた背筋を仰け反らせ、お腹の上に美人ナースを載せるようにしている。

「大丈夫っすよね？　絶対に落したりしませんから……」

太ももに腕を嚙ませ、尻肉を両手で支え、フライパンを返すような腰つきで、亜里沙の女陰を貫いた。並みのサイズでも切っ先が、内臓をぐいぐい押しているのが判る。ぐいぐい腰を反らせると彼女の体重がのしかかり、結合部がひどく密着するのだ。

「くふっ、奥が擦れる……。いやよ亮介、こんなことされたら……んあ、んんっ、あっ」

亮介は膝のバネを使い、その反動で肉壺を抽送させる。

「あ、あん、あんっ……あう、あううっ！　あ、あああああ〜〜ぁっ！」

二度三度と力任せに亜里沙を宙に飛ばす。クンと抜け落ちては、ずぶんと突き刺さる激しい律動の度に、ぞくぞくするような射精衝動が込み上げる。

重力加速度が加わった抜き差しは、亜里沙の腰つきとはまた違った摩擦で、互いの性感に甘い肉悦を送りこむのだ。

「アアッ、こんなの知らない……こんなにスリルがあって気持ちいいの、はじめてぇ！」

必死でしがみつく亜里沙は、苦しげに喘ぎながらも音《ね》をあげる様子はない。そればかりか膣肉の締め付けを強くさせ、牡獣の崩壊を促してくる。

「はん、あん、あん、あはっ……。ふひっ、ひむんっ、あん！　あん、あんんっ！」

重々しく貫くと、眉をきゅっとしならせた苦悶の表情が、さらに紅潮の度合いを上げる。律動に合わせるように甘い嬌声が、スタッカートで官能を謳《うた》いあげる。

「すごいっ……ああ、響く……。もっと……もっとよ……じゅぶじゅぶ擦ってぇっ」

お望みの通りにとばかりに、肉棒で胎内を攪拌するたび、ぐちゅっ、ぐちゅっ、と淫蜜が溢れては床に滴り、液だまりの面積を広げる。

「うおお、亜里沙ぁっ！」

獣じみた雄叫びをあげ、膝のクッションをさらに利かせ、律動のピッチをあげた。ずぶんずぶんと肉と肉が擦れる度、亮介は耐えがたい悦びに包まれる。

美人ナースを串刺しにして、官能的なすすり泣きをさせているのだから、加虐的な悦びまでが湧き上がってくる。

「ふうううん、あおおおっ、おおおおおんっ」

よがり歪む美貌に、さすがに亮介は、ゆっくりと片方の美脚を降ろした。くぽんとペニスが抜け落ちたのをそのままに、今度は彼女の背後にまわり、立ちバックの体勢を整える。

「ああん、亮介、亜里沙もうイキそうなの……。早く鎮めてぇ！」

もどかしそうにアイドルナースが首を横に向け、愁眉を送ってくる。

本気汁でベトベトの分身に手を添え、くぱーっと口をあけたままの肉割れにあてがった。

やわらかな肉花びらがぴとっと亀頭にまとわりつくのを巻き添えにして、一気にヴァギナへの侵入を図る。

今度は、カズノコ天井にしこたま裏筋を擦りつけ、マシュマロのような尻朶に付け根まで打ち込んだ。

「はううううっ！」

先ほどまでとは異なる角度で、膣肉を練りあげる。亜里沙の髪の中に鼻先を突っ込み、甘い匂いに酔い痴れながら女陰を抉る。

「ううっ、相変わらずすごい締め付け。気持ちいいよ、亜里沙」

昂奮しきった手指は、ナース服の上からそのやわらかい乳房を揉みしだいている。

「あっ、あっ、あっ……。亜里沙もいいッ！　……こんなに激しくされるのはじめてっ」

立ちバックで責められる亜里沙が、そのしなやかな身体をあられもなくヒクつかせた。膣口が自然と締まり、亮介の分身をなかへと引き込み、発情のしるしである熱い滴りを直接浴びせかけてくる。

「ぐおおっ。だ、ダメだっ。気持ちよすぎる。おま×こ、本気で突きまくるからね！」

快楽に負けた亮介が、亜里沙の上半身を支えていた両手を解くと、自然に女体が前屈みに崩れた。残されたマシュマロヒップに両手をあてがい、後背位から本気で襲い掛かる。

「あああッ、亮介ぇっ。力強く抉られるの、気持ちいいっ……」

もはや官能で頭の中を真っ白にした亮介は、体力任せの抜き挿しを送るに過ぎない。技量もなにもない責めではあったが、亜里沙は今にも気をやりそうな声で、ヒイヒイ喘いでは腰から下を悶えさせるのだ。

「イキそう！　ねえ、もうイクぅっ！」

美人ナースが、背後の亮介に淫らな顔を向けてくる。兆したよがり貌は、ひどく歪んでいても、やはりきれいだ。

ここぞとばかりに亮介は、肉棒を中心にして円を描くように腰を回した。肉と肉が擦れあう淫靡な摩擦音が、狭い休憩室に響く。

強烈な悦楽が連続波となって女体を直撃し、それに反応した下の口が怒張を咥え込んだまままいきなり内側に向かって引き攣った。

「くううっ……あ、亜里沙ぁっ!!」

脳みそを直撃されたような快感に襲われ、亮介は亜里沙の腰を摑んだまま傷ひとつない素肌に爪を立てた。

「おおおッ、りょ、亮介ぇっ!!」

今は痛みさえも快感となるらしく、狂ったように亜里沙が身悶えを大きくする。はしたない腰使いが、うねくねり自ら絶頂を追い求めてくる。

互いに獣性をさらけ出し、貪りあうような情交。獣じみたＳＥＸは、麻薬よりも甘美だ。

「ぐううううっ！　なんてすごいんだ。亜里沙ぁ、俺ももうイキそう……」

スッポンのように吸いついてくる極上ヴァギナに負けまいと、亮介は渾身の力で先輩ナースの膣肉を抉り返す。やわらかい膣肉を亀頭エラで引っ掻きまわすと、ますます強烈に湧き上がる性感に、亜里沙が一匹の牝としてとことん悶え狂った。

「ああん、ダメよっ、おま×こイクぅっ！　亮介のおち×ちんで、亜里沙のおま×こイッちゃうーッ……」

亮介は眦《まなじり》を決した顔で気合を込め、強張ったペニスも折れよとばかり、亜里沙の身体の中心を全力で犯し抜く。美人ナースのピチピチした膣洞が、溜まるいっぽうの肉欲を思いきり吐き出そうと、いよいよ最後の瞬間に向けて蠢きだした。

「イクぅ……。あ、ああん、イクぅっ！　ねえ、亮介も射精《だ》して……。亜里沙、亮介の精子を子宮に浴びながらイキたいっ！」

先輩ナースの中出しおねだりは、亮介を気遣ってのものだろう。その心情が理解できた亮介は深い悦びに貫かれた。

「ありがとう。亜里沙。お言葉に甘えて、おま×こにたっぷりと射精《だ》させてもらうよ！」

宣言した亮介は、マシュマロヒップの反発力を利用して、遠慮のない抽送をくれた。奔放にイキ乱れる亜里沙に魅せられ、ただひたすらに腰を前後させる。

「ぐおおおっ、亜里沙、射精《で》るよ！　もう射精《で》るぅっ!!」

やわらかな尻朶への直線的な打ち込みにナース服に包まれた白い背筋が浮き上がり、細い頤が天を衝《つ》いた。憧れの先輩ナースを絶頂に導いた満足感と共に、亮介もくびきを解き、溜りに溜まった欲望を熱い精液と共に発射させた。

凄まじい快楽に、頭の中で虹色の光がぐるぐる回る。

「きゃううううううううう〜〜ぅっ！」

灼熱の精液を子宮壁に浴びた亜里沙が、痩身をぶるぶるっと震わせた。

「あ、熱ぃ……ふうぅん……亮介の精子に、お、お腹の中を灼かれてるぅっ」

胎内に付着した精液の熱さに、亜里沙はすすり泣いている。

イキ尽くした女体はびくびくっと派手に波打ち、ついに力なく先輩ナースは、そのままソファに前のめりに頽《くずお》れた。

「大丈夫？　最高によかったっすよ。亜里沙はどうでした？」

おんなの満足に紅潮した頰が縦に振られる。

「お蔭様で、いっぱいイッちゃいました。もう、亮介、激し過ぎるよぉ」

少しだけ脹れて見せる亜里沙は、いつもより格段に可愛い。込み上げる愛しさに、亮介は巨体をムリに折り、その朱唇を掠め取った。

第五章　看護師長の淫蜜

1

「亮介くん、ちょっといいかなあ」

医師と看護師合同のカンファレンスを終えたあと、亮介は女医の新庄朱音に呼ばれた。

夜勤明けの疲れもあってカンファレンスを半ば夢の中で聞いていた亮介は、朱音の声にも薄らぼんやりと返事をした。

「なんでしょうか？」

先ほどまで大勢の人が詰めていた会議室は、潮が引いたように静けさに沈んでいる。寝ぼけ眼《まなこ》を擦りながら、ふたりきりとなったことを今さらに意識した。

「なんでしょうもなにもないわよ……」

朱音は大きな瞳を潤ませて亮介に近づくなりその場に跪いた。

「えっ？　朱音先生……」

メスを持つとものすごく映える細くしなやかな指が、亮介のズボン前のファスナーを思わせぶりに下げていく。

「い、院内では、まずくありませんか？　しかも、カンファレンスのすぐあとでなんて……」

躊躇いの言葉を吐きつつも、早くも下腹部は期待に膨らんでいる。

「あら、院内で際前さんといけないことをしていたのは、どこの誰？」

亜里沙とのことをなぜ朱音が知っているのかと、冷やりとした。

「あううっ！」

やや冷たさを伴った滑らかな感触に肉塊を掴み取られると、すぐに唇粘膜に亀頭部を覆われる。

「うふふっ。心配しなくていいのよ。際前さんとのことは秘密にしておくから。その分、私も愉しませてね」

付け根をきゅっと握り締めながら、亀頭表面を美味しそうにペロペロと舐めてくる朱音。普段の勝気な様子からは想像できないほどの手弱女《たおやめ》ぶりを発揮している。

「俺のを咥えてくれる朱音先生の貌、すごくきれいです！」

込み上げる情感に負け、両手の指をショートカットの髪の中に挿し入れる。頭皮を刺激するように掻き回しながら、繊細なやわらかさに痺れていく。

「んんふ」と、ペニスでふさがれた朱音の口の隙間から、熱い呻きが洩れる。意外に感覚の鋭い頭皮は、男根を口にふくんでいる興奮もあり、性感帯に十分なりうる。

さらに愛しげに掻き回すと、喉を震わせて美人女医は唇の端から小犬の鳴き声じみた喘ぎをあふれさせた。

「くんっ！　くっんんん！」

恐らくは無意識なのだろうが、朱音は尾を振るように、お尻を左右に動かしている。

「まるで犬のようね！　レロレロン、こんなこと平気でするなんて、自分でも信じられない……ぶちゅるるるっ！」

女医であるだけに朱音のプライドは、他人よりも高いはずだ。

男に傅《かしず》いてペニスをしゃぶりながら、牝犬のように発情を晒すなど、本来あり得ない行為に違いない。にもかかわらず、積極的に自ら痴態を晒すのは、あるいは亜里沙の存在を気にしてのことか。

少なからず嫉妬があるからこそ、自尊心をなげ打ってまで口淫奉仕をしてくれるのだ。

（朱音先生はサドっぽいと思っていたけれど、意外とマゾかも……）

建前では医師と看護師は対等としていても、指示する側とされる側にある限り、なかなかそうもいかない。特にヒエラルキーが確立されている大学病院ではなおさらだ。

なのにペーペーの亮介に惜しげもなく嬌態を晒すということは、やはり彼女はマゾ体質かもしれない。

朱音自身もそれを自覚しながら、甲斐甲斐しい口淫を施しているのだろう。

「くううん！　くふっ、くっんんん！」

自発的に牝犬のように鳴き、牝犬のように尻を振り、牝犬のように男そのモノを吸うことを止《や》めないのも、隠しきれない朱音の本性なのだ。

そんな妄想を抱いていると、亮介の血潮は昂ぶり、肛門が弛《ゆる》んでいく。

「亮介くんの疲れマラ……コッチコチ……朝の最初を朱音のお口に射精《だ》していいよ」

上目づかいに秋波を乗せて、またしてもねっとりと舌を絡めてくる。

「俺のおち×ぽ、美味いっすか？」

「ええ、とても」

薄い舌先が触手のように伸び、小便口に突き刺さり、レロレロと小刻みに食い込ませてくる。鋭い刺激に一段と肉棒が嵩《かさ》を増した。

「やっぱり若いのね。ちょっと刺激しただけで、こんなになる……」

ねっとりと先端を舐《ねぶ》ってから、今度は亀頭全体をぱっくりと咥えて、ちゅるちゅると吸い上げてくる。

「ぐおおっ、朱音先生、その吸い上げ、凄いっす！」

亮介の素直な反応に気を良くしてか、いっそう朱音の舌使いが熱を帯びる。

舌先を裏筋に当てて小さく刺激を加えてもくる。指の筒で、肉幹をしごくのもたまらない。

「朱音先生の舌、やわらかくて気持ち良すぎます。ぐふう、も、もっと続けて……」

舌の動きが激しさを増し、亮介の快感は倍増した。

肉棒がさらに硬く敏感になると、朱音の口腔をよりはっきりと感じる。

「ああっ、朱音先生、もっと喉奥まで使って、お口全体でご奉仕してください」

朱音は、「かしこまりました」とばかりに頷くと、口蓋を肉棒でいっぱいに満たし、やや涙目になりながらも根元まで咥えようとするのだ。

「ふぬん、ふむごぅ」

口を窄め摩擦を強くしながらの大胆な前後運動。芳醇《ほうじゅん》な唾液の助けもあって、亮介の快感を鋭く抉る。

すっかり硬くなった肉棒が、欲望の熱を発して、放出への助走をはじめた。

「ぐふぅっ、き、気持ち良すぎる……ぐううふぅぉ～」

若牡の呻きを耳にした朱音が、肉棒を口から吐き出した。

「ええっ？　まだ射精《だ》していませんよ。止めないでくださいッ！」

「さっきまで、こんなところでって躊躇《ためら》ってたくせに……。大丈夫だよ、ちゃんと射精させてあげる。朱音の口の中で大きくなったものが、どんな容《かたち》か確かめたくて」

しげしげと眺める朱音の美貌と、グロテスクな肉塊の取り合わせは、何とも奇妙に映る。

大きさには自信のない亮介だけに、恥ずかしさが込み上げる。

「いつも恥ずかしげにするのね。男の価値はおち×ちんの大きさでは決まらないぞ」

亮介のコンプレックスを見て取った朱音が、やさしく励ましてくれる。

相手が理知的な女医だけに説得力があり、少し救われた気になる。

「どうです？　俺のおち×ぽ」

あらためて、勇気を出して聞いてみる。

「エラのハリといい硬さといい最高だよ。これだけ立派なものがあれば、長さなんてなくとも、いくらでもおんなを啼かせられるはず」

やさしく微笑んでくれる朱音に、心からの感謝が生まれる。

「ありがとうございます。そうですよね。並みの大きさでも、絶妙の愛撫と愛情さえあれば、おんなの人を悦ばせることは可能ですよね」

亮介も子供の様な笑みを返すと、満足そうに朱音が頷き返してくれる。

目に見えない何かが通じた瞬間——。

「あなたたち、こんなところで何を……」と、突然の冷や水を浴びせたのは、看護師長の里緒だった。

だらしなくずり下げられたパンツ。露わとなった下腹部には、朱音がすがりついているだけに言い訳のしようもない。

「こ、これは……」

呆《ほう》けたように亮介は、そのままフリーズし、朱音もまた、絶句するばかりで言葉も出せずにいた。

2

　結局、師長の里緒は、亮介と朱音、ふたりのことを慮《おもんぱか》って「勤務中はふたりとも慎んでください」とその場で注意を受けるだけで済ませてくれた。

　しかし亮介は、これを潮に病院を去ることを真剣に考えはじめた。否、急に思い立ったわけではない。実はこの数日、そのことばかりが頭を占めているのだ。

　祥子、朱音、実菜、亜里沙。この数週間のうちに、関係を持った麗しの女性たち。関係の継続を求められるでもなく、かといってさらなる関係を拒まれるでもなく、なんとなくつかず離れずでよろしくやっている。

　そんな甘い生活を望んでいたのは、誰でもない亮介自身である。けれど、そのあまりの自堕落ぶり、いい加減で不誠実な自分に、自己嫌悪すら覚えるのだ。

「俺の気持ちはどこにあるのか……」

　懸命に、自らの胸をまさぐっても一向に想いは定まらない。他方では、このまま上手く立ち回り、美味しい想いを続けたいと望む自分もどこかにいる。

　元来、竹を割ったような性格の亮介だけに、そんな風に自己嫌悪に陥ること自体が珍しく、気持ちが悪いのだ。

ならばいっそ、潔く病院を辞め、新天地をいずこかに求めようかとも考えたのだっ
思い立ったが吉日ではないが、体育会系の亮介は、考えたことをすぐに行動に移さなければ気が済まない。翌日、思い切って里緒に辞表を提出した。

「亮くん、どうしたの？　藪《やぶ》から棒《ぼう》に」

昨日の今日である。師長も理由は察知しているはずだ。にもかかわらず、心底驚いた様子を見せている。

「まさか、昨日私に見られたからとか言わないわよね」

誰よりも親身になって聞いてくれる師長だから、亮介は正直にこれまでの経緯を話した。もちろん、相手の女性たちの名誉のため名前は伏せている。

「俺、このままではダメになってしまう気がして……。師長には、私生活のことで注意を受けていたにもかかわらず、お見苦しい姿をまたもやお見せしましたし……。これを良い潮に潔く、他所《よそ》で心機一転……」

「なるほど、亮くんらしい結論ね……。一応これは預かっておくけど、でも、どうかしら。それは必ずしもいけないこと？」

師長の意外な問いかけに、かなり亮介は面食らった。てっきり、里緒はすんなりと辞表を受け取るものと思っていたのだ。

別に里緒に疎《うと》まれていると思っているわけではない。むしろ、可愛がられている自覚がある。けれど、自分には引きとめてもらう資格がないと思っているから翻意を促すような問いかけが意外なのだ。

「いけないことかと聞かれれば、不倫や不貞や不誠実もろもろで、やはりいけないことではないでしょうか」

「そうね。それはそう。院内の風紀を乱すようなこともいただけないわ。ひとりの社会人としてもね。勤務に支障をきたすようではやはり問題。だけど、その一方でそういう癒《いや》しがあってもいいと思うのよ。患者さんにも医師にも、そして私たち看護師にも……」

いつぞやと同様に話の方向が予想していない方向に進んでいくことに、亮介は目を丸くした。そして亮介は気がついた。「私たち」の中に里緒自身が含まれていることに。

「亮くんは、自らの欲望に素直に従っているだけでしょう？　そんな自分を自己嫌悪しているのよね……」

眉を曇らせていた師長の表情が、柔和なものに変化していく。怜悧な美貌もその輪郭を崩し、慈悲深い白衣の天使を体現している。

「亮くんは若いのだから、自らの欲望に素直なことは決して悪いことじゃないと思うの。それに相手の女性たちも、自分の立場を判った上で行動しているのだから、自己責任であるとも言えるわね」

それはその通りなのだが、だからといって欲望に任せた無分別な行動に問題がないわけではない。それを非難されるどころか、弁護されることに違和感を覚える。その一方で、里緒から慰留されるのは、素直にうれしい。

「反省すべきは反省しなくてはならないけど、必要以上に反省する必要もないの。倫理やルールは必要であっても感情は縛れないものだしね」

自らの無節操をどこかで恥じ、そんな自分から逃げ出そうとしていたことを自覚した。

「亮くんはとっても看護師に向いていると思う。私はね、看護師だけは相手を癒すためであれば、どういう手段を使っても許されると信じているの。亮くんは自然とそれができているわ……」

里緒の解釈はあまりにも善意に満ちていて面映《おもはゆ》いが、師長の言葉がささくれ立った亮介の心を癒してくれていることをひしひしと感じた。

「俺、どうすればいいのでしょう？　ここに残るにしてもこのままじゃあ……」

「どうもしなくていいんじゃない？　亮くんはそのままで。君には特別な癒しの力があるのだから」

もし里緒の言う通り、自分にそういう力があるのなら看護師としてこれほど喜ばしいことはない。もちろん、使い方を誤らなければの話だが。

「いいんすか？　俺、ここにいて……。こんな俺のままで……」

自分が今、すがるような眼をしているとの自覚がある。それでも、亮介は聞かずにはいられなかった。

「いいと思うよ。ただし、院内では昨日のようなことは慎んでもらわないとね」

しっかりとくぎは刺されたものの、存在は認められた。

「あの……。慎むのは、この間注意されたエロい視線も含めてってことっすよね」

自信がないのは、ついついそういう目で周りを見てしまう習慣がついていることだ。

恐る恐る確認すると、里緒の温かい眼差しが、ふっと笑った。

「場合によりけりとしておいてあげようかな。どうしてもそういう目で見てしまうことがあるのも、若い男性にはむしろ自然なことだから……」

そう言いながら里緒の頬がぽっと赤らんだ。

「私のことまでそんな目で見てくれる、君のような存在は貴重だしね」

「えっ？」

不意打ちのような師長の微妙なニュアンスに、亮介は少しばかりドギマギした。

里緒の切れ長の瞳が見る見るうちに潤んでいくのも、亮介を落ち着かなくさせた。

先ほどの「私たち」のくだりが今一度思い出される。

「そんなに驚くことはないでしょう？　私だっておんななのだから、そういう自分を忘れたくはないものよ。だから、時には亮くんのような無遠慮な視線でもうれしいの。まだ私にも男の人を引き付ける魅力があるんだって教えてくれるんだもの」

「お、俺の視線ってそんなにあからさまなんすね……」

「うふふ、自分では隠しているつもりでもね。君の視線は痛いほど感じていたわよ」

頬を紅潮させた師長は、どこまでも色っぽい。これほどの色気をよく今まで隠しおおせていたものだと、感心するほどだ。

「ねえ、私のことも癒してくれる？　代りに、私が君をきちんと管理してあげるわ」

思いがけぬ里緒の提案に、半ば夢うつつのような状態で、ごくりと生唾を呑みこんだ。さらに妖艶なオーラを全開にさせ、師長が見つめてくるからだ。

「で、でも、俺なんかに癒されなくとも、師長にはご主人が……」

夫のことを持ち出されても里緒の美女フェロモンの発散は止まらない。それどころか、ひとたび貞淑な人妻の仮面をかなぐり捨てたためか、ハッとするほどの一種凄絶な色香を匂い立たせている。怜悧な美貌が朱に冴えて、震い付きたいほどの美しさだ。

「主人のことはいいの。もうすぐ私、フリーになるのだし……」

その言葉で、何故に里緒がこれほどまでに妖艶に映るのかが判った気がした。

(師長は、ご主人との別れを寂しく思っている。けれど、それを表には出さずに強がっているんだ……。ああ、師長って、なんていいおんななのだろう……)

完全無欠と思える美貌に、一点だけ憂いが備わり、それがために里緒の美しさがいや増しているのだと気づいた。ならば、亮介は心から彼女を癒してあげたい。

(ほんとうに、俺に癒しの力があればいいのに……)

切実にその力を願いながらも、目前の女性を心から想う。

早鐘を打つような心臓のドキドキが、師長の耳に届いてしまいそうで怖かった。

「もう亮くんったらそんな目で……。ああ、だけどそのHな熱い眼差しが、おんなを癒すのね……。なんだか視線だけで脱がされてしまったような気持ちになる」

言いながら里緒が細身を捩った。ひときわ目を引く豊かな胸元がふるんと揺れた。

白衣の下に隠されたスレンダーながらも肉感的な女体を透視できた気がした。

「か、管理、ぜひお願いします。師長を癒させてもらえるのなら、ぜ、是非っ！」

里緒の言う通り、もしかすると自分が特殊能力に目覚めたのかもしれないと本気で思いはじめている。そうでもなければ、看護師長であるばかりではなく、清楚な人妻でもある里緒が、その気になってくれる理由が判らない。

いつものように、どこか狐につままれたような気分でもあったが、千載一遇のチャンスを逃す亮介でもないのだ。

「ああ、本当にいやらしい視線……。管理すると言った傍《そば》から、私が今ここで君を望む訳にはいかないのに……」

昨日、朱音がしてくれたように、すぐにでもフェラしてくれそうな眼差しと様子に、病院を辞するほどまで思いつめていた気持ちも吹き飛んでいる。

ただ夢中で、里緒と外で会う約束を取り付け、亮介は看護師長室を後にした。

3

「思ったよりも、きれいにしているのね。看護師なのだからプライベートでも衛生的にしていないとね」

里緒と駅で待ち合わせ、連れ立ってきたのは亮介の部屋だった。人目を忍ぶ彼女の立場もあったが、里緒の方から亮介の部屋を見ておきたいとの申し出があったのだ。

「さっそく管理っすか？」

掃除が行き届いていない部屋を抜き打ち検査されるようで、多少気が気でない部分もあったが、結局里緒はぐるりと見渡した程度で妖艶に笑うだけだった。

院内では、後頭部でお団子にまとめている黒髪が今は解かれ、華やかに肩先で揺れている。

「私が管理する部分は、ここだけ……」

コートを脱ぎ捨てた里緒が細身の女体を亮介に寄せ、股間部に指先をあてがった。細く長い指が、のの字を描くようにズボンの上をのたくると、微かな刺激にもかかわらず下腹部に血が集まる。

急激に頭の中が真っ白になった亮介は、昂ぶる感情に身を任せた。

「師長……」

スレンダーな女体をギュッと抱きしめ、その唇を求めるのだ。

「ほふぅ……んん、むん……。ふふぅ……」

ぽってりした唇を幾度も舐め取っては、ぶちゅりと同じ器官を押し付ける。

そのふっくらぷるんの感触にうっとりしながら、里緒の背筋をまさぐる。

「はっ。ふぅぅぅン」

やや高めの愛らしい喘ぎ声だった。亮介の欲情を否が応にも高める官能の響きだ。

指先に伝わる肌のぬくもり。この感触はまぎれもなく美人師長の肌のものなのだ。

亮介は五本の指で愛《め》でるように、里緒の二の腕を撫でた。

「あっ……くふン……はっ……ううう」

口づけしたまま里緒が女体をくねらせ、色っぽい声をもらす。最接近しているので表情は良く判らないが、眉間に官能の皺が寄っている。間違いなく彼女は感じている。

その思いが、亮介をさらに大胆にさせた。

二の腕から肩へ、そして首筋へと指を滑らせる。指が肌を這う度に、人妻師長は身体をぴくぴくと引きつらせて、可憐な喘ぎをもらす。かなり感じやすいほうなのだろう。小高くなった頬がほんのり薄紅色に染まってきた。

「師長……」

里緒の手指も亮介の背筋を彷徨っているから、より情感が高まる。

「ねえ、師長なんて呼び方いまは止めて。里緒って呼んで……」

一度離れた唇があえかに開いたまま再び押し付けられる。亮介も唇を開き、その隙間に太い舌をねじ込んだ。

微熱を帯びた口腔をたっぷりと舐《ねぶ》ってから、薄い舌を絡め取る。

舌腹同士を擦りあわせ、腰を突きだして強張った下腹部を彼女の太ももに押し付けた。

「ぐふう……里緒！　ああ、里緒ぉっ！」

タイトな濃紺のスカートの下、ふっくらほこほこの太ももの感触。痛いまでに強張っている肉塊が、埋まり込みそうなほどやわらかな肉感だ。

「もうこんなに硬くしているのね……。ねえ、ベッドに連れていって……」

期待にたがわず奔放な素顔を晒してくれる里緒を亮介は軽々とお姫様抱っこした。

人としての成熟度合いも、その他の経験値も全て里緒の方が上であると認めている。

それだけにせめて、男らしくありたいと思ったのだ。

「きゃあ……」

小さな悲鳴をあげながら、首筋に腕を巻き付ける美熟妻。亮介の頬に、豊満な乳房がむぎゅりと押し付けられている。

細身の里緒をベッドへと運び、そっとその上に彼女を降ろした。

亮介は、その巨体を休めるにほどよいサイズのセミダブルを用いている。

そのベッドの上で、所在無げに脚を折って腰掛ける里緒の姿は、美しくもどこか儚く、亮介の男心をいたくくすぐった。

(どんなに凛としていようと、大人っぽい雰囲気をしていようと、やはり師長はおんななんだ！)

ふつふつとわき起こる激情に、亮介は自らの洋服を手早く全て脱ぎ捨てた。

「ああ、亮くん……」

屹立した肉塊がぶるんとパンツから飛び出すと、看護師長の熱いため息が漏れた。

「俺のち×ぽ、決して大きくはないけど、精力だけは自信あるっす……」

亀頭部を半ば覆っている肉皮をずるんと剝き取ると、ぞわわわっと快い性電流が背筋を駆け上る。

嘶《いなな》く肉塊を震わせて、亮介は里緒に挑みかかった。

細い首筋に唇をあてがい、空いた両手を里緒の乳房にあてがった。

「あっ……」

ベージュのロングカーディガンとオフホワイトのブラウス、さらにその下にはブラジャーの存在が感じられても、里緒の乳房は素晴らしい触り心地だ。

熟れに熟れた肉房は、どこまでもやわらかく亮介の手指の食い込みを許してくれる。やわらかいからこそ、やさしく扱わなくてはならないと百も承知している。けれど、豊かなふくらみの安心感についつい力が込もった。

「ん、っく……。ふぅぅっ、あふぅ……」

苦しげな吐息が唇を割るのを見て、あわてて指の力を緩める始末だ。

「す、すみません。師長のおっぱいがあまりにも魅力的すぎて……」

頰に赤みがさしている。ひどく色っぽい耳朶を舐りながら、ロングカーディガンを脱がせにかかる。

「こんなに魅力的なおっぱい。直接触らずにいられません……。ああ、師長……」

昂奮すると、つい師長と呼んでしまう。それを里緒がむずかるように首を振り、なだめてくれた。

「ああん。また、師長って……。裸になる里緒は、もう亮くんのおんなになるのよ。肩書も敬語も必要ないの……」

ちゅっと唇を窄《すぼ》めながら、白魚のような手指が亮介の下腹部に伸びてきた。

「ほぐううっ！　おおっ、里緒ぉっ。俺のち×ぽを握ってもらえるなんて、思いもしなかったっすよぉ！」

敬語にならないように意識する一方、興奮と感激のあまり、言葉使いが少しおかしい。けれど、そんなことも気にならないほど互いの感情はボルテージをあげている。

「もう、いやな亮くん。これくらいでいちいち感激しないで。朱音先生にはフェラチオまでさせているくせに！」

わずかな悋気《りんき》を匂わせながら、美熟ナースが手指に力を込めて締め付けた。

「ぐふううっ！　ああ、なんてやわらかな手……。里緒のおま×こも、こんなにふっくらしているんすか？」

「うふふ。それは後のお楽しみ……。大丈夫よ、ちゃんと味わわせてあげるから」

カワイイ台詞《セリフ》に亮介は、さらに肉塊を硬くさせ、先走り汁を鈴口から多量に放出させた。

「じゃあ、その前に、やはりおっぱいを味わわせてくださいね！」

しっとりとまとわりついてくる手指の存在を意識しつつ、亮介は里緒のオフホワイトのブラウスのボタンを外していく。

「そんなに期待しないでね……。私、もう亮くんほど若くないのだからね」

全てのボタンを外し終えると、前合わせを観音に開き、その上半身をついに拝んだ。

「若くないだなんて、こんなに綺麗な身体をしていて……。それに抜けるくらい白い肌って、里緒のような肌を言うんすよね？」

細身とばかり思っていた肉体には、思いのほかほどよい丸みを帯び、いわゆる男好きのする肉づきをしている。中でも、そこだけがボンと前に突きだしたような豊満な乳房などは、ローズ色のハーフカップから今にも零れ落ちそうなほどのド迫力なのだ。しかも、それらを形作る肌のその白さ、透明度といったらどう表現すれば良いのか。

神秘の水をたたえる湖のような、静寂と気品に満ちた佇まいにも似て。その美肌は、しっとりと瑞々しく、それでいてつるんと滑るような絹肌であると触れる前から知れるのだ。

「やばい。やばいっす。里緒の綺麗なカラダ。上品で、神々《こうごう》しくて。ああ、だけど、ものすごくエロイっ！」

人肌ゆえの艶めいた白さは、どこまでも亮介を奮い立たせて止まない。見ているだけでため息が出てしまいそうな美しさながら、その美肌に触りたい欲求はいや増すばかりだ。

「触ってもいいっすよね。触るっすよ！」

細い肩の後方にシャツを落とし、しなやかな腕から袖を抜き取ると、やおら亮介はその艶やかな肩を撫で回した。

素肌に触れた瞬間、ぴくんと震える里緒だったが、切れ長の眼をそっと閉じ、亮介の好きにさせてくれる。

「すげえ！　指先が滑る……。しかも、触っている俺の指が溶けてしまいそうだ！」

瞬きすら忘れて亮介は、細い肩から二の腕、スレンダーボディの側面といたるところに触れていく。

弾力があり、もちっと吸い付くような素晴らしい肌の質感に舌を巻きながら、なおもその感触を愉しんだ。

「白衣の下にこんな美肌を隠しているなんて。絶対もったいないっす！」

その美肌を味わうように手指だけではもったいなく、ついに亮介は唇を吸い付け、舌先でもなぞっていった。

「はんっ！　ふああ、あぁ……。うふん、どうしてかしら、亮くんに触れられると、いつもより敏感になる……。ああ、うそっ。里緒、容易《たやす》く乱れてしまいそう……」

やわらかい声質が、悩ましくハスキーに掠れていく。

「たっぷりと乱れてください。俺、里緒をいっぱいイカせたい！」

この素晴らしい女体をどう責めようかと逡巡した亮介は、まずは邪魔な濃紺のスカートを剝き取ることにした。

ヒップの側面についたファスナーを引き下げてからホックもはずすと、だらりと垂れさがったスカート生地を引っ張る。興奮のあまり性急に事を運ぼうとする亮介を、後ろ手にベッドに手をついた里緒が、腰を軽く上げて手伝ってくれた。

むちっとした太ももにベージュのストッキングが艶めかしく貼りついている。その下には、ブラジャーと同じローズ系の下着が透けている。

「これも、脱がせちゃいますね……」

逸る気持ちを抑えられず亮介は、細腰にへばりついているストッキングに指先をくぐらせ、さらにその下のパンティのゴム部にも到達させた。

「里緒のおま×こ、見たいのね……。いいわ。脱がせて……」

またしても腰を浮かせながら、まるで熱にでも浮かされたように里緒が囁いた。

すべやかな肌をキズつけぬよう外側にゴム部をひっぱり、隙間を拡げて引きずり下ろす。

漆黒の草むらに飾られた肉丘が静かに現れると、ぶるんと女体が震えた。

「やっぱり恥ずかしい？　それとも期待しちゃってます？」

亮介の意地の悪い質問に、里緒が頤を縦に振った。

「その両方よ……」

師長のそんなカワイイ台詞など、今まで想像もしたことがなかっただけに、亮介の昂ぶりはさらに煽られた。

「うわああっ。里緒、耳まで真っ赤。最高にカワイイっす！」

両手をついてお尻を持ち上げているだけに、美熟妻は顔も隠せない。今にも消え入りそうなほどに儚く、左右に頭を振るばかりなのだ。

豊かな雲鬢《うんびん》からも濃密なフェロモン臭が振りまかれ、亮介は剝き取る指を急かされる思いだ。

（ああ、師長のおま×こを覗ける……。なんかいけないことをしているようで、ものすごく興奮しちゃうよ！）

亮介は視線を里緒の太ももの付け根に貼り付けたまま、その美脚からストッキングとパンティを剝き取った。

4

下半身を剝き出しにされた看護師長は、太ももを固く閉じあわせて両脚を横たえている。

しなやかな美脚は艶めかしくもすべやかで、くの字に重ね揃えられた様は人魚の如くだ。

その下半身をしっかり目に焼き付けた亮介は、今度はブラジャーを標的とした。

巨体に似合わぬ素早さで彼女の背後に回ると、ブラのホックを器用に外した。

「あん……」

肩ひもを摘み取り細い肩から外すと、ブラカップがしどけなくずり落ちそうになる。

咄嗟に両手でそれを押える里緒。その肩を亮介は掌に捉えて、ねっとりと撫で回した。

「やばっ！　超滑らかで、すべすべ、もちもち!!」

触れた掌が溶けてしまいそうな肌触り。亮介は、そのまま手を滑らせて、肩から二の腕、そして手の甲へとフェザータッチでなぞった。

シミひとつない背中に、やさしく唇を吸い付け、舌先で甘い肌をくすぐってやる。

「んっ、んんっ……。亮くん、やっぱり女性の扱いに慣れているのね……」

「感じていいっすからね。たっぷりと燃え上がったら、おま×こに俺のち×ぽをねじ込みますから……」

里緒のイマジネーションを刺激して、期待させることも忘れない。

これまで学んできた全てを駆使し、美人師長を籠絡《ろうらく》するつもりだ。

「ああん、焦らさないで……。早く里緒を亮くんのものにして……」

「そんないきなりってわけにも……。そうだ！　それじゃあ里緒も、自分のカラダを弄んでください。オナニーするみたいに。俺は、里緒のおっぱいを頂きますから……」

祥子が自らを慰めながら性交に望んでいた艶姿を思い出し、亮介は提案した。

人妻の矜持、看護師長のプライド、そんなものを全て打ち砕き、素のままの里緒にすることで、彼女を真の意味で解放してあげられるのではとの思いつきでもある。

「オナニーなんて、そんなこと……」

「俺、どうしても見たいっす……。師長のオナニー。このすごいおっぱいで、乳イキするところも！　だから一石二鳥で……」

亮介はまたしても素早く正面に回り込むと、未だ胸元を抱き続ける里緒の手首を捕まえ、そっと左右に開かせた。

抱き寄せられていた深い谷間が、支えを失いブラカップごとふるんと零れ落ちた。

「うおおおっ！　師長のおっぱい、なんてすごいんだ！　もしかしてメーター級？」

露わとなった乳房は、下乳の丸みをたぷんと重く揺らしてから、その肌の弾力そのままに悩ましく上下した。

凄まじくも迫力たっぷりのふくらみであったが、だらしなく垂れ下がるどころか、しっかりとした肌のハリと大胸筋に支えられ真ん丸のフォルムを崩さない。

可憐な純白肌はどこよりも青みがかり、部屋の蛍光灯にハレーションを起こしている。

その乳膚は少しばかり汗ばんでいるのか、無数の宝石を散りばめたように煌《きら》めいていた。

「きゅ、九十九センチよ……。カップはＨ……」

アンダーバストの細さもあって一メートルをゆうに超えるものと思ったが、ぎりぎり足りないらしい。それでも大きいには違いない。

「九十九センチのＨカップ……。そっかあＨカップかあ……」

それほどの爆乳にもかかわらず上品な印象を失わずにいるのは、ピンクゴールドの乳暈《にゅううん》によるところが大きいのだろう。純ピンクに少し黄色味を帯びていて、神々しくもそう見えるのだ。

「あんっ、亮くんの眼、やっぱりいやらしいっ!! ほんと恥ずかしいのよ……。里緒のおっぱい大き過ぎて、アンバランスだから……」

白百合のような純白の肌が、その高い透明度の奥まで薄紅に染まっている。その姿は、ピンクの朝霞を纏《まと》っているようで、この上なく色っぽい。

「おっぱいくらいで、そんなに恥ずかしがらないで。これから里緒は、もっともっと恥ずかしいオナニーを俺に晒すんっすよ」

にんまりと笑ってみせると、またしても里緒がその頤を左右に振った。

「どうしてもなの？　どうしても里緒のオナニーを見たいの？」

「見たいっす、どうしても。お願いします、俺も、このおっぱいを……」

亮介は、里緒の肩をやさしく押して、その背中をベッドに付けさせた。

丸いふくらみが少しだけ左右に流れた。たゆたうように重々しく揺れる下乳を追いかけ、亮介も女体に覆いかぶさった。

「ああ、おっぱいだ……。師長のおっぱい……んちゅっ、ちゅばばぁ……」

「えっ？　あ、あうっ……。そんな、いきなりなの？　……んん、おっぱい舐めちゃうのね」

ふくらみの下乳にあてがった舌腹で、表面をぞぞぞっと舐めあげた。

反対側の乳房の副乳のあたりに手指をあてがい、手のぬくもりでやさしく温める。

「つく、んふぅっ、亮くん……あふぅ……んん、だめっ、そんなにやさしくおっぱい触られると、感じちゃうっ」

「それでいいんっす。気持ちよくなってほしいのだから……。でも里緒のおっぱい、こんなに大きいのに敏感なんっすね」

一般に大きな乳房は、感覚が鈍いと思われがちだが、医学的にもそんなことはないと証明されている。けれど、かつてこれほどのふくらみと巡り会ったことなどないだけに、実地でそれを味わうのは初めてだ。

「あん、切なくなる……。何なのこれ、おっぱいが火照ってきちゃう……」

リンパの流れを意識し、人差し指、中指、薬指の三本の指先に、ゆっくりと圧力をかける。乳肌を舐める舌先には、吐き出した息を吹きかける要領で、側面から下乳にかけてを焦らず進む。途中、丸く円を描き、乳暈に触れるか触れないかの際どいところで戯れる。そんなやさしい愛撫でも、里緒は細腰をくねらせて身悶えるのだ。

「すごくすべすべ。それに甘い！」

少し乳臭いような匂いが、ほんのりと甘みを連想させる。まさしくミルク味そのものだ。むぎゅりと絞れば、母乳が零れ出るのではと思われた。

「ああ、里緒のおっぱい、母乳が滴り落ちそうっす。里緒のお乳なら飲みたかった！」

里緒が子供を産んでいないことは知っている。だから、母乳が出たりしないことも。判っていても亮介は、その誘惑に負け乳首へと唇を近づけた。

ぢゅちゅッ、ちゅばちゅぱ、ちゅちゅちゅっと、しこりを帯びた乳首を心地よく口腔内で踊らせる。

大きな掌で下乳から絞り上げ、乳汁が吹き出すことを念じつつ魅惑の乳首を吸い上げた。

（うおおおおっ、俺、師長のおっぱいを吸ってる！　勤務中もずっと盗み見ていた禁断のおっぱいを、俺は今、吸っているんだぁあああっ！）

心中に快哉《かいさい》を叫びながら、夢中で乳首にしゃぶりついた。

「ちゅばっ!!　甘いっす。最高に美味ひい……。ぢゅッちゅば、母乳が出ているみたい……レロレロン……ああ、乳首、感じるんすね。涎《よだれ》に濡れながらこんなに尖ってる……ぢゅちゅばばっ！」

「あん、ゃあ、強く吸いすぎよ……乳首大きくなっちゃう……あはんっ……硬くいやらしい乳首……んっく……恥ずかしいのにっ」

「確かにいやらしいとんがり乳首……ぢゅぢゅぱ、ちゅぽっ……。でも、おっぱいが大きいから、ちょうどいいバランスになって……ぶちゅぶぶちゅるっ……きれいですよ」

里緒の瞳がとろりと濡れている。凛とした看護師長のオーラが影をひそめ、ねっとりと潤み蕩けている。怜悧な美貌が、悦楽に蕩けるとこれほど官能的になることを、不思議な気持ちで眺めていた。同時に、自分の瞳もうっとりと蕩けているのだと自覚した。世界中が、卑猥に潤んでいく印象なのだ。

「ほんとうに？　私のおっぱい、醜くない？　大き過ぎじゃない？」

男にとってこれほど魅力的なふくらみに、あの里緒がコンプレックスを抱いていたことが驚きだ。けれど、自分も巨体に似合わぬ並みのサイズを気にしていたのを、実菜や朱音に勇気づけられ、今ではほとんど気にしなくなっていることを思い出した。

「ほんとうに、きれいっすよ……。ぶぢゅるるっ、ちゅばば……なめらかで、美味しい……里緒のおっぱい最高っ！……ぢゅずびちゅちゅ〜〜っ」

大きく口を開け、頂きを吸いつけながら、やさしく歯を立てる。

豊麗な女体が、びくん、ぶるるるっと派手に反応してくれるのが愉しい。

「ああ、私淫らね……亮くんに弄ばれて……こんなに乳首を硬くさせてる……。おっぱいも張り詰めて、恥ずかしいくらい大きくさせているの」

自覚すればするほど恥じらいと昂奮が入り混じり、肉体のエロ反応が増してしまうのだろう。脳味噌まで蕩けはじめた彼女では、もはやその発情を隠しきれない。

ぷりぷりぷりっと乳肌が音を立て、さらに肥大するのがそれと判った。九十九センチのHカップは、メーター越えに達するほど血流の流れを良くし、ひどく感じまくっている。

「あふうっ、ああん、ああ、もうだめよ、おっぱいが切な過ぎて、耐えられない……」

乳房が奏でる官能は、鋭くはあってもアクメに達するほどではないはずだ。人妻としておんなの悦びを知る身体だけに、それがかえってもどかしく、さらに欲情してしまうのだろう。

耐えかねた里緒の右手が、躊躇いがちに自らの股間へと伸びていく。

「おおっ。見せてくれるんっすね。師長のオナニー！　遠慮せず、派手にイクまでおま×こ掻き毟《むし》ってくださいね」

あえて冷たい言葉を浴びせ、里緒の被虐を煽る。身も心もくびきから解かれた時、目の前の美しい人妻ナースが、真の癒しを得られるとなぜか亮介は確信している。

「ああ、亮くん、見てっ。里緒のオナニー。疼くおま×こを、はしたなく擦るのよ……」

亮介の望み通り、自らの縦割れに指先を忍ばせサーモンピンクをくつろげさせる里緒。たちまち貴腐《きふ》ワインのような蜜の淫香が辺りに立ちこめた。

「うおおおっ！　いい匂いだ。ものすごくエッチ臭いっす!!」

若牡獣が鼻を蠢かし、大きく息を吸い込んでいく。

「あぁん、恥ずかしい匂い、嗅がないで！」

甘く酸味の強い匂いは、里緒の鼻腔にも届いているはずだ。亮介には甘い芳香と感じられても、彼女にとっては顔から火が出るほど恥ずかしい匂いでしかない。

それでもムッチリとした太ももは、大きく左右に開かれていく。つけ根の厚ぼったい肉びらに縁どられた割れ目に、細い指先がついに及んだ。

「はううっ！」

甲高く啼く里緒に、亮介は全身に震えが走るほどの興奮を覚えた。

あの看護師長が目の前でオナニーに耽りはじめたのだ。

乳首に吸いついたまま亮介は、その様子を目線だけで追った。

（くーっ！　師長がおま×こを弄《いじ》っている。俺の目の前で、あの師長が！）

そんな亮介の熱い視線を感じ、里緒はその女体をさらに火照らせている。

「ああん、いいっ。ねえどうしよう。見られてするのが、こんなにいいだなんて……」

潤った花びらに、中指を中心にした三本の指が添えられた。ただ触れただけで、ジーンと甘い電流が全身に広がるのか、白い女体がびくんびくんと艶めかしくのたうった。

「すげえ。おんなのオナニーをナマで見るのは、初めてっす！」

さすがに亮介も、咥えた乳房を弄ぶのを忘れて、その嬌態に見入っている。

「あっく、ふうん……あ、あうん……くふぅ」

指は徐々にリズミカルになり、甘美な電流を追っている。サーモンピンクの粘膜の表面をやわらかくなぞるのだ。

「くふんっ……あううっ……あ、ああっ……！」

里緒の指先は、戸惑いながらも熱を帯びていく。これ以上ない恥ずかしい行為を視姦され、羞恥の炎に炙られながらも、次第にそれが快感にすり替わり、経験したことのない昂ぶりに包まれているらしい。

「すごいなあ。里緒はマゾっ気たっぷりなんすね。こんなに見られて感じるなんて」

亮介は嬉々として、はやし立てた。

「そうでしょう？　おま×こをヒクヒクさせて、ハァハァ息も乱して」

里緒を辱《はずかし》める言葉も、彼女の自慰を止めるには至らない。

シーンと静まりかえった部屋で、人妻師長の喘ぎ声だけが淫靡に響いている。

「あぁ、すごい……感じちゃう……見られていると奥の方が疼いちゃうの……」

長い睫毛を恥ずかしげに伏せ、怜悧な美貌を切なげに歪める。

「はあっ……ああっ、いやっ！」

時が止まったような空間で、繊細な指だけが規則正しく動き、快美な陶酔を汲み取る。

「ダメよ、こんなの……こんな、はしたないこと……。ああでも、里緒はもう……」

恥ずかしい姿を部下の前で曝《さら》け出している自覚はあるようだ。タブーを感じる一方で、秘肉に生じる淫靡な感覚を求めずにはいられないのだ。

「里緒、いやらしすぎ！」

昂奮に亮介が上げた声は、しわがれて喉に貼りついた。品よく生えそろった恥毛を擦って、花びらを嬲《なぶ》り続ける指をギラついた目で凝視しつづける。淫液を吸って肉襞が膨らんでいた。花芯が充血して勃起しているのも、それと知れた。

「恥ずかしい……。ああ、だけど、恥ずかしいのが気持ちいいの……」

里緒が、嗚咽《おえつ》をもらした。恥ずかしさのあまり貧血を起こしかけている。

「なのに、おま×こを濡らしているんだ。里緒はイヤらしいだけじゃなく、露出狂の変態なんだね」

あさましい姿を晒し、自慰に耽る里緒は、まさしく変態と罵られても仕方がない。

「ち、違う……里緒、変態なんかじゃない。亮くんに歓んでほしいから……」

「そっか、これも俺のためなんすね。じゃあもっと歓ばせてもらおうかな。今度はクリトリスをいじってください。ちゃんと根元まで皮を剝いて擦るんっすよ」

「あぁ、そんな……ひどい」

さすがに里緒も、これでは性器の感度を測定しながら解剖実験をしているようなものと感じたに違いない。けれど、そう自覚できても、何かに憑《つ》かれたように肉のあわせ目に指を進めてしまうほど、今の里緒は快感に溺れている。

指先で薄い皮を押しさげ、ピンクに充血した女核を露わにする。芯芽に偶然、指が触れたのか、とてつもない愉悦に太ももがぶるぶるっと震えた。

「うぐっ……ほううっ……っく、ふうぅん……」

峻烈《しゅんれつ》な電流を飢えたように欲し、指先がくにゅりと女核を押しつぶす。

「いいっすねえ。ほら、もっと啼いてください。本性をさらけだして。さあ今度は指を中に挿入《い》れて」

上品で可憐な人妻師長だけに、かつて自らの指を胎内に導いたことがあるかどうか、正直わからない。それでも里緒は、従順に亮介の指示に従い、細く長い指をクレヴァスの中心にあてがった。

「り、里緒、これから指をおま×こに挿入《い》れるわ……あぁ見てっ！」

中指が第二関節まで埋まると、ヌルヌルにぬめった肉襞に絡め取られたかのように、さらに奥へと咥え込まれる。

「はあっ……ふうう……はっくうぅ〜っ！」

指の進入に、内部に湛《たた》えられていた淫蜜が堰《せき》を切り、とろとろと流れだす。蜜は、蟻《あり》の門渡《とわた》りを伝い、糸を引きながら滴り落ちてベッドのシーツに黒いシミを作った。

喉が渇くのだろう、朱の唇をしきりに舌なめずりしているのが、亮介を悩ましい気持ちにさせる。たまらず、再び乳房に貪りついて、コリコリにしこった尖りを強く吸いつけた。

「あうん、もうだめ、このままいじっていたら、イッてしまう……」

絶頂の予感が肉の狭間に蘇るのか、身震いしながら里緒が甘く喘いだ。

躊躇する気持ちに揺れていても、もはや快感を追う指を止めることは不可能だろう。

「ふうぉんっ、こんなの……イッちゃうぅ～～っ！」

ムッチリとした太ももを突っ張らせて、里緒が叫んだ。

「ああん、ダメぇ！　おっぱいもいいのっ……あふぅん、ああ本当に里緒の浅ましい姿、亮くんに晒してしまうのね……」

甘い呻き、悩殺的な女体のくねり。整った美貌が、はしたなくよがり崩れる。振りまかれる濃厚なフェロモンに、ただ乳房に触っているだけにもかかわらず、射精してしまいそうなやるせなさを感じた。

「揉むたびにこんなに張りつめるなんて。それにすごい里緒のエロ貌《がお》。本当に、もうイクんすね。早く、早くイッてください。約束通りイキま×こに、俺のおち×ちん、挿入してあげますからね……」

「ほ、欲しい……。イキま×こに亮くんのおち×ちんが欲しい……。あ、ああん……想像しただけで、おかしくなる……あ、ああ、イクぅ～～っ」

頭の良い人だからこそ想像力も逞しい。自慰で達する羞恥に苛まれながらも、想像という刺激がプラスされ、里緒の官能が巨大な火球となって弾け飛んだ。

「イクぅっ、イク、イク、イクぅ～～っ！　はぁん、あ、あうぅぅ～～っ！」

自ら女陰を掻き毟り、涎で巨乳をベトベトにされ、美人師長はついに絶頂を迎えた。引きつれるように頭を突っぱり、発達した双臀《そうでん》を宙に浮かせて、豊麗な女体が艶かしく痙攣する。

昇りつめた人妻師長は、あまりにも淫らで美しかった。

5

「すげえ、なんて淫らでいやらしいイキ様なんだ。里緒がエロ過ぎてたまらないっす。約束通り、イキま×こに、俺のち×ぽを挿入《い》れちゃいますね」

悩殺の嬌態をたっぷりと脳裏に焼きつけた亮介は、ぐったりとベッドに仰向《あおむ》けとなっている女体に挑みかかった。

しなやかな美脚を両腕に抱え込むようにしながら折り畳み、空いたスペースに自らの腰を押し込むのだ。

瀟洒《しょうしゃ》なピンクに色づいた恥唇は、自慰によりすっかりほぐされ、内部の秘密まで覗かせている。

ぐったりと動けずにいる細い腰を力任せに引きつけ、女陰に勃起の出迎えをさせる。

しとどに潤ったクレヴァス。亮介の分身も先走り汁にひどく濡れているから、挿入に支障はない。そう確信した亮介は、腰を微調整して恥裂に勃起をあてがった。

「あうっ……んん、亮くん……」

切れ長の眼が、秋波を乗せて見つめてくる。一つになる瞬間を待ちわびてか、肉ビラがヒクヒクとわなないた。

やるせなくさんざめく己が分身に、濡れた粘膜がすがりつく。亮介は、何のてらいもなく、いきり勃《た》つ肉塊を埋め込みにかかる。

「ん、んんっ……っく、くふぅ……」

小鼻を膨らませ息む里緒。苦悶の表情にも見えるが、その実、挿入快感に総身をざわつかせている。亮介の勃起を呑みこもうと妖しく蠕動《ぜんどう》する肉筒が、それを物語っている。

狭い膣孔であったが、柔軟性が高く、しかも汁気たっぷりであるため、容易《たやす》く突き進むことができた。

「ん、あぁっ……。い、いいっ……。亮くん、たまらない……。ああ、おま×こ気持ちいいっ！」

アクメの余韻も収まらぬうちに挿入されている里緒だけに、ずるずるずるるっと、太いエラ首で擦られると凄まじい喜悦が湧き起こるのだろう。肉感的な女体を揺すらせて、カチカチ歯の音を合わせている。

「くふうっ……はああっ、あぁ、亮くぅん！　気持ちよすぎて身体がバラバラになりそう……ふうんっ、挿入されただけで、イッちゃうぅっ！」

指とは比べ物にならない充溢感に突きあげられ、群発アクメに息も絶え絶えだ。

「ぐふっ、オナニーのせいで、里緒の膣内《なか》、うねりがすごいっす！」

感動の声をあげながら亮介は、突き入れたものをゆっくりと抜きかえす。

やわらく、生温かく、しかも肉厚な女陰を味わう余裕などまるでない。それほどまでに里緒の淫裂が名器であったとも言える。

「ぐふううっ。最高っす。ああ、なんて具合のいいおま×こなんだ……」

たまらず亮介は、淫孔を激しく抉りはじめた。

ひと突きひと突きに激情を込め、力強く里緒の急所を狙い撃ちする。これだけ熟れた女体なのだから、どれほどの官能を味わえるかしれない。

（師長が、かつて味わったことがないほどの悦びに導きたい！）

その想いが強くあるだけに、雄々しく亮介は挑む。対する里緒も、蕩けた膣壁で精一杯肉棒を締め付けてくれる。あるいは男っぽさを増した亮介を少しは見直してくれているのかもしれない。

潤んだ眼差しは、幾分焦点を合わせていないようだが、それでもずっと亮介を見つめてくれている。

愛しさが込み上げるのは、里緒がこれほどまでにいいおんなだからだろうか。

男としての独占欲、里緒への執着、込み上げる激情。それら全ての想いをエネルギーに変え、亮介は雄々しく分身を律動させた。

「あうん、いいっ！　ああ、またイクっ！　はううう っ……」

アクメを迎えるたび看護師長は、濃厚なフェロモンを振りまいて若牡の興奮を誘う。

「すごいのね。亮くん……。里緒がこんなに乱れてる……。ねえ、亮くんもイッていいからね。里緒の身体で、何度でも満足して。好きなだけ、射精《だ》してね……」

細腰を跳ね上げて、たくましい律動を全身で受け止めてくれる里緒。朱唇をわななかせ、柳眉を切なげに寄せ、絶え間なく官能の坩堝《るつぼ》でよがりまくる。

「あうっ……はぅぅぅ……くふん……あ、あぁ……」

自慰で達したところを激しく責めているだけに、立て続けに絶頂に飲みこまれるのを里緒はどうにもできないでいる。苦しげに髪を振り乱し、ついには自ら乳房を揉みまくりながら細腰をのたうたせるのだ。

「すごいイキっぷりっすね。おっぱいまで波打っている……。ああ、だけど、こんなにイッてもらえると、俺もうれしいっす」

「ああ、だって、亮くんが激しすぎるから……。はらわたまで突かれている感じよ」

怜悧な美貌に恥じらいが浮かぶと、やけにそそる表情となる。守ってあげたいような、もっと苛めてやりたいような、えも言われぬ想いが込み上げるのだ。

「じゃあ、今度は、バックから……。里緒の大きなお尻を犯したいっす！」

「いやあ、大きなお尻なんて、そんな目で里緒のお尻を見ていたの？」

「はい。もちろん。こんなにそそるデカ尻、見ないわけにいきません！」

笑いながら勃起を引き抜き、手早く女体を裏返した。

群発アクメに晒され過ぎて力が入らないらしい里緒のお腹のあたりに、枕と丸めた布団を押し込み、浮き上がったお尻を両手で捕まえる。

「うはあ、やっぱりデカ尻、色っぽい！　では、いただきます!!」

背後に陣取った亮介は、再び切っ先を女陰にあてがうと、容赦なく奥へと押し込んだ。

「んああっ！」

うつ伏せにお尻だけが浮き上がった里緒に、体重を浴びせるようにして膣内を抉る。

「おおっ！　さっきとは違うまとわりつきだ……。うん、バックも最高！」

感動の雄叫びをあげてから、シミひとつない背筋に唇をつけた。チュッパチュッパと吸い付け、我が物とした刻印とばかりにキスマークを刻む。女体の前に回した手指では、乳房を鷲掴みにして揉み潰した。

「くぅぅっ、やっぱ師長のおっぱいすごい！　ずっしり重いくせに手触りなんかホイップクリームみたい……。それにこのお尻の弾力もすごいこと。お餅みたいっす！」

杏仁豆腐を連想させるなめらかさと、吸い付くような手触りの乳房。それとはまた違った滑らか肌に、つきたてのお餅のような極上弾力の尻朶。ふたつのペアとも、その張りとサイズは、ピチピチのグラビアモデルに勝るとも劣らない。

いつまでもこのダブルのふくらみと戯れていたい気にさせられたが、さんざめく肉塊は、そろそろ限界が近づいていると伝えている。

切羽詰まったように肉が疼き、もどかしくもやるせなく射精感が込み上げるのだ。

「里緒、俺、もうそろそろ……」

申し訳なさそうに終わりを告げると、こちらに向けた美貌が、やさしい眼差しをくれた。

「いいのよ。里緒も欲しいの。亮くんの精子を浴びたい……。それもさっきも言った通り、何度でも受け止めてあげるから……。うふふ。それが里緒の管理よ……」

おどけたように笑う里緒に、亮介は心から感謝した。

(彼女の傍でなら俺、仕事も頑張れる。きっとプライベートも充実する！)

そんな予感と期待を胸に、亮介は大きく頷いた。

「ありがとう。それじゃあ、イクからね……」

両腕の力だけで巨軀を持ち上げると、その勢いのままにずるるんと勃起を引き抜いた。

「ううっ……」

再開された律動に、たゆとうていた里緒の官能が、かき乱されたらしい。

蜜壺の底が割れたかのように、タラタラと蜜液を多量に分泌する。

「ヌレヌレのおま×こ、超気持ちいいっす！」

ずぶんと強く突き入れると、肉感的な女体を背後から抱きすくめ、尻朶に擦りつけるように腰を捏ねる。

マドラーのように肉孔を掻き回すと、人妻ナースは身も世もなく啼きまくる。

「あ、あうううっ……。それいいっ！　気持ちいいところに擦れてる……。くふぅん、またイクっ、里緒、また恥をかくうっ！」

頤がぐんと持ち上がり、背筋がこちら側に撓《たわ》んだ。今度は、かなり深い歓びに達したらしく、先ほどまでよりもヴァギナの締め付けが強い。

「ぐふぅっっ。やばすぎっす！　もう射精《で》る！」

イキまくる膣の締め付けに、まだいくらか残っていると思っていた余命が一気に尽きた。

たまらず亮介は、まろやかな臀朶《しりたぶ》にぶつかるようにしてタプタプと音をさせる。野太い先端でズンズンと膣肉を突き刺し、射精寸前にまで自らの官能を追いこむ。

「くふん、ううっ……ああん、里緒、我慢がきかない……だめよ、またイクっ！」

「イッていいっすよ。里緒、何度でも、ぐおおお、俺も射精《い》くぅっ！」

悦びに啜り泣きながら白い裸身が痙攣する。絶頂を迎えてうねくねる膣孔を亮介は、最後の力で抜き挿しさせた。

イキ乱れる美熟女師長を半ばぼんやりと見つめながら、亮介は猛然と腰を振っている。痺れきった肉棒がついに官能に敗れ、溜りに溜まった欲情が白濁となって噴出した。

「ぐおおおおおおおっ!!」

亮介が吠えると同時に、灼熱の飛沫が里緒の子宮を叩いた。

「はうぅうン！」

男好きのする豊麗な肢体がガクガクッと痙攣し、断末魔の叫びをあげた。

あとは、互いが無言となって官能の余韻を貪った。

しばらくの空白の後、亮介はゆっくりと里緒から引き抜いた。

「あん……」

里緒が甘く呻いたのは、引き抜きの瞬間、絶頂の余韻に漣《さざなみ》がたったからか。

それでも、自分に乗りかかられたままでは重たかろうと、亮介は完熟ヒップから退いた。途端に、子宮に注ぎ込んだ子種が零れ、シーツにはしたないシミを作った。

終章

1

季節は冬を通り越し、春を迎えている。

例年であれば、日々の業務に追われている亮介も、今は勝手が違っていた。

「はああ。何でこんなことになったかなぁ……」

ぼやく亮介を気遣うように里緒が上目づかいで見つめてくる。

「ごめんなさい。里緒の管理が甘かったから……」

咥えていた勃起を吐き出して、申し訳なさそうに看護師長が謝った。

クッションの効いたソファに座り亮介は、三人の美女から熱い奉仕を受けている。

「あら、師長ばかりが悪いわけじゃないわよ。亮介の底なしの絶倫に問題があるのよ」

亮介のサイドに陣取った亜里沙が、白衣の前ボタンを全てはずし、まろやか乳房を頬に押し付けてくる。

「ほらあ、亮介じゃなく事務長でしょう。その辺の公私のけじめがきちんとついていないから私たち、こういうことになったのじゃない」

里緒のサイドに陣取り、裏筋に舌を伸ばしているのは女医の朱音だ。

「本当に、俺に事務長なんて勤まるのですかねえ……」

下腹部だけは雄々しく突き立てているが、その他は体に似合わず萎縮している。そんな亮介を勇気づけるために、里緒、亜里沙、朱音の三人がこうして慰めてくれていた。

「大丈夫よ。ここまでこぎつけたのも亮くんのお蔭。それにしても、クリニックの開業資金まで融資してもらえるなんて亮くんすごいわね」

羨望の眼差しを向けながら、里緒が鈴口に尖らせた舌先をねじ込んでくる。

「すごいのは、このおち×ちんだね。これでセレブな人妻や未亡人を説き伏せてしまうのだから……」

朱音の言葉に、祥子と実菜の横顔が浮かんだ。ふたりの後ろ盾の他にも、里緒と朱音の存在があってこそ、開業資金を銀行から借り受けできたのだ。

日ごろの乱行が祟《たた》り、結局亮介は里緒と関係を持ってしばらくした頃に、大学病院を叩き出されていた。当初こそ途方に暮れたものの、里緒と朱音、亜里沙までが退職したことを知ると、すぐに三人と連絡を取り、今後のことを相談した。

そして互いを癒すため身体を重ね、さらに絆《きずな》を深めるうちに、自然とクリニックの開業を思い描くようになったのである。

腕の良い医師である朱音がいて、看護のノウハウに長《た》けた里緒もいる。人一倍看護師として評判の高い亜里沙もいるのだから、話がそちらに進まない方がおかしい。

資金繰りの折衝には、率先して亮介が当った。

自分が院長や理事長になるつもりなど毛頭なく、ただひたすらみんなと一緒にいられる場所が欲しかったからだ。

幸い話を聞きつけた実菜と祥子が、「是非、力になりたい」と申し出てくれた。銀行への折衝にも、セレブの実菜の口添えは大きなものがあった。

居抜きで借りられる施設もすぐに見つかり、怖いほどトントン拍子に話は進んだ。

残った問題は、亮介の処遇だった。

院長には、朱音。看護師長には、里緒が順当に決まったが、亮介には事務長の椅子が回ってきたのだ。

「俺、やっぱムリっす。事務長なんて柄じゃありません」

渋る亮介を、みんなが文字通り体当たりで説得してくれた。

「だって、亮介が造った病院でしょう？　神尾さんたちも、亮介だからお金を出してくれたんじゃやない……」

「亮くんは、理事長だっておかしくないのよ。それもあんなに嫌がって……。事務長くらいは受けてもらわないと……」

「大丈夫、院長の私もサポートするから。ほら、亮介くんらしく、もっと胸を張って！」

なだめすかされ、下腹部までさんざん慰められて、ようやくそのポストを受けると、待っていたのは、開業に向けての多忙な日々。単なる消化器外科クリニックに終わらせたくないために、内科医や検査技師を雇い、医療事務や他にも数人の看護師の手配と、まずは陣容を整えるのに必死だった。

そこでも大学病院に太いパイプのある朱音と里緒の存在が大きくものを言った。

唯一の役得と言えば、スタッフを選択するに当たり、美人ばかりを選んだことだ。

主に大学病院からの紹介だから、もとより優秀な人材が面接にきている。その中から選りすぐりの美人ばかりを選んでも、何ら問題はない。

惜しむらくは、事務長の自分は、美人スタッフたちと一緒に現場に立てないことだ。

「まったく、亮介はクリニックをハーレムにするつもり？」

「あんなに若くてピチピチした娘たちばかり集めて、うちはキャバクラじゃないよ」

「亮くんに任せたのだから文句はないけど、これ以上愛する人を増やしちゃだめよ」

三者三様の悋気に、やはりこれも役得と亮介は、たっぷりとサービスで返した。

そんなこんなで、ようやく開業準備が整い、明日その日を迎えるのだ。

「ぐっふう……。ああ、なんでこんなことになったのだろう……。明日開業なんて。本当に患者さんが来てくれるかなあ？　俺が事務長なんかで今後大丈夫かなぁ……」

元来は楽天家であるはずの亮介も、大役の重圧に弱音ばかりが口をつく。

「大丈夫よ。私たちの理念は、医療で篤《あつ》くご奉仕することでしょう？　文字通りホスピタリティが篤ければ、患者さんはついてきてくれるものよ……ぶちゅるるるっ」

里緒の唇が、篤いホスピタリティを体現するように、熱烈に鈴口を吸う。

「ふふふっ。それにしても亮介らしい理念よね。あ、ごめんなさい。事務長でしたね」

悪戯っぽく舌を出して、明るく笑う亜里沙。容《かたち》の良いお椀型のCカップ乳房が、ぷりぷりとしたハリを味わわせるように、亮介の頬を何度も擦る。

「色々な意味でスタッフも選りすぐりだし。亮介くん、明日からさらに忙しくなるよ。絶対に大丈夫。ほら、君には私たちがついているでしょう！」

唇を窄めた朱音が、ちゅぽっと睾丸を頬張る。

三人から一度にご奉仕を受けるのは久しぶりなこともあり、いきり勃つ下腹部ばかりでなく揺らいでいた気持ちまでもが上向きとなった。

「そうっすよね。俺には、みんながいてくれるんっすよね。俺、みんなのためにも、患者さんのためにも頑張るっす！」

押し寄せる不安を振り払い、込み上げる性感と共に亮介は気持ちを高揚させていく。

「そうよ。その勢い。亮くんは、そうでなくちゃ……」

嫣然と微笑んでくれる三人の美女たちの存在が、今や亮介にとって最大のカンフル剤だ。

（そうなのだ。俺には、この三人を守る任務があるのだ！）

単細胞の亮介だけに、血潮が一気に滾《たぎ》るのを抑えきれない。

「うおおおっ！　俺、俄然やる気が増しました。三人のおま×こに挿入したいっす」

雄々しくソファ椅子から立ち上がると、美女たちとの交わりを求めた。

2

「ねえ、どうするの？　最初は朱音から？」

「ああん。朱音先生ずるい。最初は亜里沙よ。ねえ、亮介」

「あの……里緒から挿入してくれても、いいわよ……」

朱音、亜里沙、里緒の三人は、身に着けていた衣服を全て脱ぎ捨てている。

亮介の指示でソファの背もたれに手をつき、今や遅しと肉の交わりを待ちわびるのだ。

「じゃあ、やはり敬意を込めて、院長のおま×こから……」

散々迷った末に亮介は、真ん中に陣取る朱音のお尻に取り付いた。

「ああん、朱音、うれしいっ！」

他の二人の美女を差し置いて選ばれ、よほど誇らしいのか、めったに見せることのない朱音のおんなの貌が垣間見られた。

期待でヒクつく美人女医の女陰。里緒の涎にまみれた鈴口を、立ちバックの体勢であてがった。

「あんっ。口惜《くや》しい。朱音先生からなのね……。早くしてね。亜里沙待ちきれない」

愛らしいピチピチのお尻をのたうたせる亜里沙。その隣で里緒も、しなやかな背筋をくねらせながら物欲しげな眼差しで振り返る。とてもあの看護師長とは思えない色っぽさだ。

「本当に残念！　でも、朱音先生なら仕方がないわ。代わりに里緒の時には激しいのをお願いします」

しおらしく女体をくねらせている。細身と見えた里緒の女体は、脱ぐとどこまでも肉感的で、巨軀の亮介が激しくしても受け止めてくれる安心感がある。対してモデル体型の朱音は、ちょっと古い言い回しながらまさしくゴージャスそのものだ。スポーツカーを思わせる流線型のボディに、高級車さながらの質感を兼ね備えている。

「ふむんっ！」

亮介が亀頭部を埋め込むと、肉襞がうねうねと奥へ引きずり込むように蠢く。ビロードのカーテンに吸い付かれているようで、一刻たりとも油断できない。

途方もなく卑猥な水音を立てさせ、勃起の付け根まで一気に腰を沈める。

「あ、あああああぁあああああああ～～っ！」

狭い膣管を太いカリ首で、たっぷりとこそぎつける。たまらずに朱音が、細腰をくねらせた。意図せずに、勃起が膣内を捏ねまわす。美人女医に湧き起こる官能と同等の喜悦が亮介にも湧き起こる。

「うがあぁ……。は、早くも朱音のおま×こ、蠢いているっ！　き、気持ちいいよぉ!!」

たまらず亮介は、ずぶんずぶんと律動を開始する。

「ああん、朱音先生、気持ち良さそう。亜里沙まで変な気分になってきちゃう……」

愛らしくお尻をモジモジさせて、淫裂を擦りつける亜里沙。まるで牡獣を誘うようなその天然の仕草に、亮介は右手を伸ばした。魅惑のクレヴァスに中指と薬指の二本を予告なく押し込むのだ。

「えっ？　は、はううっ……。りょ、亮介ぇっ」

三十二歳の熟れ肉を思う存分突き回しながら、二十七歳の媚肉を掻き毟る。さらには、反対側の里緒の女陰にも手指を忍ばせ、亜里沙同様二本の指で抉りたてた。

「うおおっ！　三人のおま×こを弄ぶのって贅沢！　背筋がぞくぞくするっす！」

雄叫びを上げながら亮介は、三人の美女を貪った。

「ほおおおおおっ、熱いぃ……亮介くんのおち×ちん、いつもより熱いぃいいいいっ！」

女医の濡れ襞がいつもより蠢くのは、彼女もまた乱交に興奮しているためだろう。

「ああ、朱音先生のようにおち×ちん欲しい……。亮介ぇ、早く亜里沙にもください！」

メリハリボディをくねらせ、むずかる亜里沙。指では物足りないのか、ぐちゅん、びちゅんっと、強めに擦り上げても痛がるどころか、自らも細腰をいやらしく振り、指の律動を手助けしている。白衣の天使にあるまじき淫乱さに、さすがの亮介も目を見張る。

それもこれも、二人の年上美女への対抗心の表れなのかもしれない。

「ほら、ほら、ほら、里緒も気持ちいいでしょう？」

里緒の淫裂もまた、ずぶずぶと指を捏ねまわしても、それほど衝撃もなかろうと思われるくらい熱くぬかるんでいた。

挿し入れた指で、膣熱をぐちゃぐちゃに掻き毟る。まとわりつく襞の長さ、天上のざらつき、縦割れの位置さえも、上付きの亜里沙と下付きの里緒とでは違っている。

「ああん、そこ、そこっ！　亮くん、そこ感じちゃいますぅうう……」

その場を支配する亮介に屈服したか、いつしか三人は敬語を使いはじめている。

「あ、ああ、亮介くん、もっとぉ……もっと激しく朱音にしてくださいぃ……っ」

孤高の女医といった雰囲気を持つ朱音までが、ハーレムに君臨する王にひれ伏すような口調になっている。

亮介は倒錯の想いを胸に、女たちに官能を与え続ける。

「ああ、どうしよう。こんな快楽……。亮介くん。このままだと私たち亮介くんから離れられなくなっちゃう」

抽送を受け止めながら、うっとりと振り向く朱音。拗《す》ねているような、恥じらっているような、そしてやはり誘惑しているような、大人の色香をむんむんに発散させ、美しくも色っぽく見つめてくる。

「もうとっくの昔に離れられなくなってるっす……。里緒も、亜里沙も、朱音と同様に、ずっと一緒っすよ！」

あらためて誓いを立てると激情が込み上げた。辛抱溜まらず亮介は、腰をぐぐっとせり出し、みっちりと恥骨同士を密着させて、そこからズンと奥を突きあげた。

「ふひっ！　ぬうううううっ」

はしたなく朱音が喘いだ。重い一撃で、美人女医は他愛もなく絶頂に追いやられたのだ。淫らなイキ声に免じ、亮介は立て続けにズンズンと抽送をくれた。

「あぁあああっ……ダメっ……イッてるおま×こに、そ、そんな……ひうん、と、蕩けます……朱音のおま×こ、イキ蕩けるぅううう～～っ！」

モデル体形の女体が、あちこち激しく痙攣している。亮介にも、一緒に極めて欲しいと、膣肉がきゅうきゅうと締めつける。けれど、亮介は、ぐっと唇を噛みしめて射精衝動をやり過ごし、イキ乱れる女医を置き去りにした。

次に狙うは、麗しの先輩看護師。亜里沙の美尻へと移動した。

「ああ、うれしいです。早く、亜里沙のおま×こも突いてくださいっ！」

振り向いた甘い美貌がトロトロに溶け崩れている。それほどまでに、亜里沙は待ちわびてくれていた。その期待に応えるため、朱音にしたと同様、一気に肉塊を埋め込んだ。

「う、うううぅ！　はあ、つくふうううぅううううっ」

美人女医の蜜汁が、たっぷりとまぶされているため、さらに狭隘《きょうあい》な亜里沙の膣肉にもスムーズに挿入できた。

熟れきった朱音の膣肉とは違い、肉襞が短い分、壁のザラつきがはっきりと味わえる。若さゆえか体温も少し高く、ヴァギナが熱い。

「ふううっ。亜里沙のおま×こは、天井がザラザラで、動かしたときが愉しみだ」

お腹を密着させた瑞々しい蜜尻が、つるつるほわほわでなんとも心地いい。

「ああん、熱すぎて、亮介のおち×ちんの容《かたち》に、亜里沙のおま×こが灼かれちゃいます……」

早くも身悶えする亜里沙に、亮介の性感も衝き動かされ勃起をぎゅんと跳ね上げた。

そのままの勢いで、ぐちゅぐちゅぐちゅんと立て続けに律動をくれる。

「あひぃ……だ、だめぇ、そんな急に、動かさないでくださいっ……あ、あ、ああ……イッちゃう……。亜里沙、イッちゃいますぅぅうううう」

ぶるぶるぶるっと背筋を震わせ、肉の狭間をびくびくんと痙攣させる亜里沙。

あふれ出す情感が、あっけなく美人ナースを絶頂に導いたらしい。

危うく亮介も漏らしそうになったが、あわてて引き抜き、かろうじて免れた。

「お待たせしました。里緒……。お詫びに、里緒には、俺の精子をあげるっす。たっぷりと子宮に注ぎ込みますからね」

一呼吸おいてから、待ちわびる恥裂に肉塊をあてがう。

最早余裕のなくなった亮介は、ただひたすら激情に任せて、熱く抜き挿しをさせるばかりだ。里緒の方も、焦れた肉体を激しく責められ、あっという間に燃え上がる。

「んんっ、あはっ、んくぅ……は、はあああっ」

粘膜と粘膜が熱く溶け合い、途端に相手の快感が自分の快感になる。

ずぶずぶっと埋め込んでは、離れがたい想いをふり払い、じゅぶちゅるるっと抜き取っていく。全身に鳥肌が立つほど性神経がざわつき、毛穴のすべてが開ききるほどの歓喜に脳髄までがわななく。

「あ、ああ、いい……里緒、もうイッてます……おま×こが歓んでますぅうう～～」

傍らで見つめる朱音と亜里沙を嫉妬させようと、熱く、ひたすら熱く、性の絆を深めていく。

「なんていいおま×こだっ！　淫らにイキまくって……約束通り射精するっすよ！」

受精の期待に、びくんびくんと痙攣する女体。勃起を食いちぎられるかと思うほど強い締め付け。早く欲しいとばかりに、子宮が蠢動しながら吸い上げる。

亮介はズンズンと容赦なく勃起を叩き込みながら吠えた。

「射精《で》るっ、射精《で》るーっ！　ぐあぁあああ～～っ!!」

尿道を駆け上がる白濁に、ぶわっと肉傘が膨らむ。灼熱の牡汁が一気に鈴口から飛び出した。

びゅびゅっ、びゅるるるると、射精音が頭の芯に木霊《こだま》する。

夥しい量の精子が、美人師長の子宮に着弾し、膣内にじゅわっと広がった。

「ああ、すごい量……。里緒の子宮、亮くんの赤ちゃんを孕んでしまいそう……っ」

肉感的な裸身をのたうたせ、受精に身悶える里緒。本能的な悦びに、あられもなく牝をわななかせている。

高々と掲げていたお尻がようやく落ちて、ぐったりと里緒はその場に膝をついた。どっと汗を噴出させ、白い肉体をびくびくと痙攣させる。

「師長って、もっとお淑《しと》やかな人かと思ってたけど、意外と激しいのねえ……」

恍惚と蕩ける里緒に、あてられたかのように朱音がつぶやいた。

「それよりも、亮介、亜里沙にも精子欲しいですぅ。亜里沙も赤ちゃん欲しい！」

可愛い悋気を見せ、亜里沙がしなだれかかる。

「ああっ、それなら、私もっ！　朱音もお願いします」

理知的な美貌を妖しく紅潮させながら、朱音もまとわりついてきた。

「大丈夫っすよ。俺の絶倫は三人とも知っているでしょう？　ほら……」

射精したばかりのはずのペニスは、それでも勃起したまま収まりがつかない。萎えることを知らない肉塊を見つけ、朱音と亜里沙がうれしそうにそれに手を伸ばした。

思いがけずハーレムに君臨する亮介。自らの意思で作り上げたものではないが、何物にも代えがたく、三人の美女たちとの関係が永久に続くことを願わずにいられない。

責任は重いが、明日から始まる新たなクリニックでの毎日にも希望が膨らむ。

(新しいスタッフも癒してあげなくちゃな……。どうせならもう一人二人ハーレムに加えちゃおうか……。ラッキーエロはまだまだ続く！　でも、調子に乗ると叱られるか？)

亮介は三人の美女にさらに欲情しながらもそんなことを考える。

「俺、まだ見習いのような事務長だけど、必ず頑張って、三人とも守るっす！」

亮介は、精悍《せいかん》な顔つきで、心からの雄叫びを上げた。

美女たちが、満ち足りた貌で大きく頷いた。


（了）

※本作品はフィクションです。作品内に登場する
団体、人物、地域等は実在のものとは関係ありません。

※本書は 2015 年 10 月に小社より刊行された
『ご奉仕クリニック』を一部修正した新装版です。

長編官能小説

ご奉仕《ほうし》クリニック〈新装版〉

2021 年 8 月 17 日初版第一刷発行
著者……………………………………………北條拓人
デザイン………………………………………小林厚二
発行人…………………………………………後藤明信
発行所……………………………………株式会社竹書房
〒 102-0075 東京都千代田区三番町 8-1
三番町東急ビル 6F
email：info@takeshobo.co.jp
竹書房ホームページ http://www.takeshobo.co.jp
印刷所……………………………中央精版印刷株式会社

■定価はカバーに表示してあります。
■落丁・乱丁があった場合は、furyo@takeshobo.co.jp までメールにて
お問い合わせください。